I0557392

# لعنة النجوم

**إعداد وتحرير: رأفت علام**

مكتبة المشرق الإلكترونية

صدر في ديسمبر ٢٠٢٠ عن مكتبة المشرق الإلكترونية
– مصر

# Table of Contents

# شهاب أم نيزك

أطلق رئيس العمَّال زفرة قوية، وهو يمسح العرق الغزير على جبينه، وألقى نظرة مرهقة على عماله، الذين انتهوا من عملهم، وراح كل منهم يغتســـل، ويرتـدي ثياب، استعدادًا للرحيل، ثم تطلّع إلى قرص الشمس، الذي يميل إلى المغيب، قبل أن يلتفت إلى الدكتور (فريد)، ويقول في تعب واضح:

- انتهينا يا دكتور (فريد).. ها هو ذا حوض الســـباحة قد انتهى، بكل ما طلبته، من أضــواء سـفلية، وتدّرج بطيء في العمق.. امنحه ليلة واحدة، أو ليلتين على الأكثر، ثم يمكنك أن تملأه بالماء.

هتفت (إلهام)، زوجة الدكتور (فريد) في سعادة:

- حقًا.. يالســعادتي.. أخيرًا تحقق حلمنـا يـا (فريـد)، وسيكون لنا حوض سباحة خاص.

ابتسم الدكتور (فريد) في رصانة، وسأل رئيس العمَّال:

- أأنت واثق من هذا؟!.. أعني ألا نصـبر قليلًا.. أسـبوعًا أو أسبوعين، حتى تجفّ مواد البناء تمامًا؟

ابتسم رئيس العمال في إرهاق، وقال:

- كلَّا.. لا داعي لكل هذا.. مواد البنـاء الحديثـة تجف بأسرع مما تتصوَّر، ولقد استخدمنا مادة عازلة قوية.

بدا الارتياح على وجه الدكتور (فريد)، وهو يقول:

- عظيم.. كم تبقى لك؟

تركتهما (إلهام) يناقشـان التفاصـيل الحسـابية، وراحت تلقي نظرة أخرى على حوض السباحة، وقلبها يخفق في سعادة..

كان هذا حلمها منذ طفولتها..

أن تمتلك حوض سباحة خاصًا.

حوضًا يمكنها أن تسبح فيه، وقتما يحلو لها، دون أن تراقبها أعين الفضوليين، أو تفترسها نظرات الراغبين.. كم تمنت هذا..

وبتنهيدة تحمل كل سعادتها وارتياحها، راحت تدير عينيها فيما حولها.

في حديقة تلك الفيلا، التي امتلكتها مع زوجها (فريد) أخيرًا، في (كنج مريوط)، على بعد عدة كيلومترات من (الإسكندرية)، مدينتهما، التي ولدا وعاشا فيها طيلة عمريهما..

والتقيا فيها أيضًا..

وغزل الحب خيوطه بين قلبيهما.

تنهَّدت مرة أخرى، ثم استدارت إلى حيث يقف (فريد)، الذي انتهى من دفع أجر العمَّال، ثم التفت إليها بدوره، وابتسم برصانته المعهودة، وهو يقول:

- أخيرًا يا حبيبتي.

ردَّدت خلفه في سعادة:

- أخيرًا يا (فريد).

ابتسم العمَّال، وانصرفوا وهم يلقون عليهما نظرة أخيرة، وبدأ قرص الشمس يختفي في الأفق، فغمغمت (إلهام):

- ما رأيك في قضاء الليلة هنا؟

أطلق ضحكة قصيرة، وقال:

- كنت أتمنى هذا، ولكن التيار الكهربي سيتم توصيله صباح الغد، ولست أحب أن نقضي ليلتنا في ظلام دامس.

بدت عليها خيبة الأمل لحظة، ثم لم تلبث أن تمتمت:

- فليكن.. هيا بنا إذن، فلقد غربت الشمس بالفعل، وسيصبح المكان مخيفًا بعد نصف ساعة على الأكثر.

ربَّت على وجنتها في حنان، وتشابكت أصابعهما، وهما
يتجهان إلى سيارتهما الأنيقة، وأسرع هو يفتح لها باب
السيارة الأيمن، وهو يقول في رصانة:
- تفضلي يا أميرتي.
ضحكت وهي تدلف إلى السيارة، قائلة:
- يا لك من مغازل يا (فريد)!.. كيف يمكنك أن تتحدث
بهذه الرصانة، وأنت تلقي عبارات جميلة كهذه؟
ابتسم وهو يتجه إلى الجانب الآخر للسيارة، واتخذ مقعد
القيادة، وهو يقول:
- ربما هي طبيعة شخصية.
مالت نحوه، وداعبت شعره بأناملها، قائلة:
- بالتأكيد.. لماذا وقعت في حبك إذن؟
كانت تشعر نحوه بحب جارف، بعد ثلاث سنوات من
الزواج، على الرغم من أن الله سبحانه وتعالى لم ينعم
عليهما بالإنجاب قط، دون سبب واضح، فقد أكد الأطباء
أن كليهما لا يعانى من أية أمراض أو أسباب، تعوق
عملية الإنجاب..
هي إرادة الله (عزَ وجلَ) إذن..
ولقد رضخا لمشيئته في استسلام..
ودون منغصات..
صحيح أن كلًا منهما يشتاق أحيانًا إلى الإنجاب، ولكن
أحدهما لم يصرح للآخر قط بهذا الشعور..
كانا مثالًا للحب الحقيقي..
تنهَّدت (إلهام)، وهي تسترجع هذا، وارتسمت على
شفتيها ابتسامة حالمة، عندما أدار (فريد) محرك السيَّارة،
وسمعته يقول:

- ما رأيك في تناول العشـــاء في مطعم فاخر، احتفالًا بحوض السباحة الجديد؟
صفقت بكفيها في جذل طفولي، وهي تقول:
- هل تســـألني؟!.. إنني أوافق بـالطبع دون تردّد.. من يضـيع فرصـــة لتناول العشـاء في مطعم فاخر، مع أكثر رجال (الإسكندرية) وسامة؟!
ضحك قائلًا:
- حذار من إصابتي بالغرور، فقد يؤدي هذا إلى..
قاطعته فجأة في حرارة:
- (فريد).. انظر.
أدار عينيه في حركة تلقائية ســـريعة، إلى حيث تشـــير، ولمح خيطًا مضيئًا في وسط السماء، بدا وكأنه يتجه إلى الأرض، وسمع (إلهام) تستطرد في فرح حماسي:
- نجم ذو ذيل.
ضحك مرة أخرى، وهو يقول:
- إنك تستخدمين نفس المصطلح الذي يستخدمه العامة.. إنـــه مجرد نيزك صـــغير، يحترق في الغلاف الجوي للأرض.
ضربت كتفه بأصابعها في رفق، وهي تقول:
- بل هو شـهاب أيها المثقف، ولن يطلق عليه اسم نيزل، إلا لو وصل بالفعل إلى الأرض.
ضحك قائلًا:
- أنت تعرفين إذن.
هزَّت كتفيها في دلال، وقالت وهو ينطلق بالسيَّارة:
- نعم.. ولكنني أحب استخدام اللفظ العامي.
ثم ابتسمت في خبث، مستطردة:
- وهؤلاء العامة يقولون إنه فأل حسن.

ومالت تطبع قبلة على وجنته، قبل أن تستطرد:

- ما رأيك أنت؟

مالت عيناه جانبًا، وهو يبتسم برصانته المعهودة، التي لم تخف سعادته وحبه، وذلك الحنان الجارف، المطلّ من عينيه، وهو يقول:

- رأيي في ماذا؟.. في الفأل الحسن، أم في تلك القبلة؟ !

ضحكت في سعادة، قائلة:

- في الفأل الحسن بالطبع.. أنا أعرف رأيك الآخر.

تضاحكا في مرح، وهما يبتعدان عن الفيلا، دون أن ينتبها إلى أن ذلك الشهاب لم يحترق عن آخره، وإنما تحَّول، بعد اختراقه للغلاف الجوي، إلى نيزك صغير مستدير، هوى نحو فيلتهما مباشرة..

بل في قلب حوض السباحة الجديد..

وبصوت مكتوم، ارتطم النيزك الصغير بقاع حوض السباحة الفارغ، ثم تدحرج فوق قاعة المنحدر، حتى ارتطم بجداره، في أعمق بقعة فيه، حيث يبلغ العمق ثلاثة أمتار..

ثم فجأة، حدثت ظاهرة عجيبة..

ظاهرة لم يشر إليها أي عالم فلكي، في التاريخ كله..

لقد بدأ النيزك الصغير في الذوبان..

بل في السيولة..

وفي بطء، فقد النيزك قوامه الصلب، وتحول إلى جسم مطاطي شبه سائل..

ثم تسلَّق جدار حوض السباحة..

أو بمعنى أدق، انتشر فوقه ..

وفجأة أيضًا اشتعلت كل أضواء الفيلا..

اشتعلت كلها، قبل أن يصل إليها التيار الكهربى رسميًا..

ثم هدأ كل شيء، وانتهى..
أو بدأ..

☆☆☆

# ظهور الكيان

صفقت (إلهام) بكفيها في سعادة، دون أن تحاول إخفاء فرحتها، والمياه تندفع من مخارج خاصة، في أعلى جدران حوض الصباح، لتغمره وتملأه تمامًا، وهتفت وهي تلتفت إلى زوجها، الذي بدا هادئًا، يراقب المياه في استمتاع:

- (فريد).. ما رأيك في تجربة الحوض؟

ابتسم قائلًا:

- إنني أرتدي ثوب السباحة بالفعل.

سألته في تردّد:

- هل يمكنني ارتدء ثوب السباحة أيضًا؟

أجابها ملوحًا بكفه:

- بالطبع.. لماذا صنعنا كل هذا إذن؟.. لقد اخترنا فيلا نائية، لا تحيط بها أية فيلات أو منازل، وزرعنا سورًا من الأشجار، ثم حفرنا في منتصفه حوض السباحة، حتى لا يراك أي مخلوق سواي، وأنت تسبحين، فلماذا نضيع كل ما فعلناه إذن.. هيا؟.. أسرعي بارتداء ثوب السباحة، وسنختبر حوض سباحتنا الجديد على الفور.

ابتسمت في فرح، ومالت تطبع قبلة أخرى على وجنته، هاتفة:

- أحبك.

ثم أسرعت إلى الداخل، وهو يتابعها ببصره في حنان..

كان يعلم كم تعشق السباحة، بحكم نشأتها في مدينة ساحلية مثل (الإسكندرية)، ولكن طبيعتها وتقاليدها كانت تمنعها من ارتداء ثوب السباحة على شاطئ عام..

وفي كل مرة يذهبان فيها إلى الشاطئ، كان يلمح تلك النظرة البائسة في عينيها، وهي تتطلَّع إلى الماء والسابحات..

ولهذا ابتاع هذه الفيلا، وحفر في منتصفها حوض السباحة..

لم تمض دقائق، حتى رآها عائدة ترتدي زي السباحة، والسعادة تملأ وجهها في وضوح، وهتفت به:

- هيا.. سأسبقك إلى الجانب الآخر.

قالتها ووثبت إلى الحوض، قبل حتى أن يمتلئ، تمامًا بالماء، فضحك قائلًا:

- إلى هذا الحد؟!

ثم وثب خلفها..

كانت تسبح في مهارة، حتى أنها سبقته بالفعل إلى الجانب الآخر، ثم هتفت:

- هل تجيد الغوص؟

قال في حماس :

- أنسيت أنني أيضًا من مواليد (الإسكندرية)؟

تسلقت سلم الحوض واختطفت من فوق المنضدة الصغيرة قطعة معدنية، وهي تقول:

- حسنٌ.. التقط هذه إذن.

وألقت القطعة المعدنية في وسط الحوض، ثم وثبت خلفها..

وغاص الإثنان في مرح، والتقطت هي القطعة أولًا، وصعدت تهتف في مرح:

- ربحت.

قال محتجًا في مرح:

ـ لقد ألقيتها حيث تريدين.. ألقيها في منطقة أخرى، وسنرى من منا يربح هذه المرة.

قالت ضاحكة :

ـ فليكن.. سألقيها في أعمق منطقة.

وقذفت القطعة المعدنية نحو نهاية الحوض..

وغاص الإثنان خلفها..

وفي هذه المرة، كان (فريد) هو الأسرع..

لقد بلغ القطعة المعدنية أولًا، ومدّ يده ليلتقطها، و..

وفجأة، انتفض جسدة في عنف، واتسعت عيناه في ذعر..

لقد رأى جزءًا من جدار الحوض يتموَّج، ثم ينفصــل، ويتشكل في السرعة مذهلة، على هيئة لم ير أبشـع منها في حياته كلها..

على هيئة فم رهيب، تبرز منه أنياب حادة مخيفة..

وتراجع (فريد)، وهو يطلق صرخة..

نعم.. صـرخة بدت لزوجته واضـحة مسـموعة، على الرغم من وجودهما تحت الماء.

ومع صرخته، ابتلع كمية كبيرة من المياه، وراح يضرب بذراعيه فيما حوله، محاولًا الابتعاد عن تلك الأنياب الحادة، و..

وفجأة، شعر بشيء يطبق على ذراعه..

وهوى قلبه بين قدميه..

وابتلع كمية أخرى من ماء حوض السباحة.

ثم أظلمت الدنيا حوله..

أظلمت تمامًا، و..

وانتهى كل شيء..

★★★

"(فريد).. (فريد) هل أنت بخير؟ .."
تسـللَّت تلك العبارة إلى أذنيه في خفوت، وراحت تتعالى في بطء، ممتزجة بصوت آخر، يقول:
- اطمئني يا سيدتي.. إنه بخير.
فتح عينيه في بطء، وهو يتمتم:
- (إلهام).
رأي زوجته تقبل عليه في لهفة، وتتحَّسس شعره ووجهه، وهي تقول:
- حمدًا لله على سلامتك يا (فريد).. حمدًا لله.
سألها بصوت مضطرب، متوتر:
- ما ذلك الشيء في القاع؟.. كيف نجوت؟
بدا صـوتها باكيًا، وهي تحتضـن رأسـه، وتضـمه إليها، هاتفة:
- حمدًا لله على سلامتك.
كان جسـدها جافًا، ولكنها كانت ترتدي ثوب السـباحة، أسـفل معطف اسـتحمام طويل، وشـعرها مرتبك مبتلَ، وكان هناك رجل وقور إلى جوارها، يتطلَّع إليه قائلًا:
- لقد نجوت بـأعجوبـة.. كدت تغرق في قـاع الحوض، وابتلعت كمية كبيرة من الماء، أسـاءت كثيرًا إلى رئتيك، ولكنك ستنجو بإذن الله.
سأله (فريد) في توتر:
- من أنت؟
أجابه الرجل بابتسامة باهتة:
- أنا الدكتور (محمود إمام).. ولقد اسـتدعتني زوجتك هـاتفيًا، من عيـادتي الخـاصـة في (كنج مريوط)، فور نجـاحهـا في إنقـاذك من الغرق، فهرعـت إلى هنـا على

الفور، وأمكننا إسعافك، ولكنك ستحتاج إلى علاج لبعض الوقت، و...

قاطعه (فريد) في صوت ملتاع:

- وماذا عن الوحش؟.. هل قتلتماه؟

انعقد حاجبا الطبيب، وتراجع في دهشة، وهو يلقي نظرة متسائلة على (إلهام)، التي بدت عليها دهشة مماثلة وهي تسأل زوجها في اضطراب:

- الوحش؟!.. أي وحش هذا؟

أجابها في عصبية:

- ذلك الوحش الرهيب.. لقد كاد يفترسني، لولا أن..

قاطعته وهي تربت عليه، في جزع وحنان:

- لم يكن هناك وحوش يا (فريد).. كل ما في الأمر أنك كدت تغرق، و...

صاح في حدة :

- بل كان هناك وحش.. وحش له أنياب حادة كبيرة.

التفتت (إلهام) إلى الطبيب في هلع، فغمغم وهو يخرج قارورة صغيرة من حقيبته الطبية:

- يبدو أنك تحتاج إلى بعض الراحة.

هتف (فريد):

- لماذا لا تصدقاني؟!.. افحصا الحوض، وستجدان ذلك الوحش في أعماقه.

سألته (إلهام)، في لهجة أقرب إلى الضراعة:

- ومن أين يأتي ذلك الوحش؟.. ألم نملأ الحوض معًا، وكان خاليًا تمامًا أمام أعيننا؟!

بدت الحيرة عليه، وهو يتمتم:

- بلى.. ولكن الوحش..

كشــف الطبيب ذراعه، وغرس إبرة المحقن في وريده، ودفع العقار المهدئ فيه، وهو يقول:

- ستذهب كل الوحوش.. إنه مجرَّد كابوس.

قال (فريد) في توتر :

- ليس كابوسًا.. لقد رأيته بنفسي.

ربَّتت (إلهام) على كتفه، وهي تقول:

- اهدأ يا (فريد).. أرجوك.. اهدأ.

شعر بالتوتر مع لمساتها، إلا أن صوتها الحنون نجح في إزالة توتره، واشترك مع العقار المهدئ في دفع النوم إلى جفونه، وهو يتمتم:

- ولكن هناك وحشًا.

ثم راح في نوم عميق..

وفي جزع، سألت (إلهام) الطبيب:

- ماذا أصابه؟.. إنه يهذي.. أليس كذلك؟

أجابها الطبيب، وهو يجمع أدواته، ويستعد للانصراف:

- بلى.. وهذا أمر طبيعي.. لا تجعلي هذا يقلقك.. فقط أحضـري هذا الـدواء، وليتنـاولـه بـانتظـام، ولكن من الضـروري أن نحصـل علـى صـورة بأشـعة (رونتجن) لصدره ورئتيه.

غمغمت:

- بإذن الله..

راقبت الطبيب وهو يتصـرف بسـيارته، ثم تطلَّعت إلى حوض السـباحة، الذي انعكسـت عليه أضـواء الغروب، في مشهد بديع، وعادت لتضع بعض الأغطية على جسد زوجها، وانحنت تطبع قبلة على جبينه، وهي تتمتم:

- حمدًا لله على سلامتك.. لست أدري كيف يمكنني العيش دونك.

اعتدلت تتطلَّع إليه لحظات، ثم اتجهت إلى حوض السباحة، وأشعلت أضواء الحديقة المحيطة به، ثم وقفت على حافته، تتطلَّع في صمت إلى قاعه..

ولأوَّل مرة، بدا لها القاع غامضًا مخيفًا، وهو غارق في ظلمته، حتى أنها أسرعت تضيء مصابيحه السفلية، التي تنتشـــر في جدرانه، بمحاذاة القاع، ثم عادت تتطلَّع إلى حوض السباحة، الذي بدا كبركة من الفضة الشفافة، مع تلك الأضواء، التي كشفت قاعه تمامًا.

وعلى الرغم من كل أحلامها السـابقة، ومع نقاء القاع وهدوئه، كان قلبها يشعر بالكثير من القلق..

ومن الخوف..

كل الخوف..

☆ ☆ ☆

# اللصان

كانت عقارب الساعة تشير إلى منتصف الليل، عندما اقترب لصان من سور الفيلا الخارجي، وهمس أحدهما لزميله:

- احترس.. فقد يكون أصحاب الفيلا مستيقظين يا (غنيم).

أجابه (غنيم) في استهتار :

- ألم تر ذلك الظلام في الداخل؟

قال زميله في توتر:

- مصابيح الحديقة مضاءة.

هز (غنيم) كتفيه في استهتار، وقال:

- دع عنك هذا الخوف يا (فهيم).. إنه لا يصلح لمهنتنا.

قالها وتسلَّق سور الفيلا، ثم وثب منه إلى الحديقة، وتبعه (فهيم) في خفة، وتسلَّل الإثنان في صمت عبر الحديقة، حتى بلغا حوض السباحة، وهمس (فهيم):

- لا يوجد أحد هنا.

ابتسم (غنيم) في ثقة، وقال:

- ألم أقل لك؟

اقتربا أكثر من الفيلا، ثم أشار (غنيم) إلى الطابق العلوي منها، وهو يقول:

- احترس كثيرًا، فمن الواضح أن الطابق العلوي لم يكتمل بعد..

ستجدهما في الطابق الأرضي.. يجب أن نحدّد موقع حجرة نومهما أولًا، قبل أن نبدأ عملنا.

دارا حول الفيلا في حذر، ثم قال (فهيم):

- من الواضح أن هذه هي حجرة النوم.

غمغم (غنيم) :

- عظيم.. دعنا نفرغ الباقي إذن..

تحرّكا نحو المدخل الزجاجي للطابق الأرضـــي، عندما خيل إليهما أنهما يســـمعان صـــوت حركة عجيبة، عند حوض السباحة، فتجمَّد (فهيم) في مكانه، وقال في هلع:

- ما هذا بالضبط؟

أجابة (غنيم) في صرامة:

- هل ســـترتجف هكذا، كلما ســـمعت حفيف أوراق الأشجار، أو صوت ضفدعة صغيرة، تقفز إلى الماء؟

تطلَّع (فهيم) في خوف إلى حوض السباحة، وهو يتمتم:

- لم يكن هذا صوت ضفدعة، تقفز إلى الماء.

قال (غنيم) في سخرية:

- صوت ماذا إذن؟.. سمكة قرش.

انتفض جسد (فهيم) فجأة، وهو يهتف:

- انظر.. هناك.

قفز (غنيم) يغطي فم زميلـه بكفـه، وهو يقول في حـدة وخفوت:

- ماذا دهاك يا رجل؟.. ستوقظ النائمين بالداخل.

ارتجف صوت (فهيم)، وهو يقول:

- هناك شيء يتحرَّك، عند حافة الحوض.

اســـتدار (غنيم) يتطلَّع إلى الحوض لحظـة، ثم قـال في عصبية:

- لا يوجد شـــيء.. لا تجعل الخوف يرســـم لك صـــورًا عجيبة.

قال (فهيم) في خوف و عناد وإصرار:

- ولكنني رأيت شيئًا يتحَّرك.. أقسم لك..

زفر (غنيم) في ضجر، وقال:

- حسنًا.. سأثبت لك أنه لا يوجد أي شيء.

ثم اتجه في حزم إلى حافة الحوض، واستدار يواجه (فهيم)، وهو يقلب كفيه، قائلًا في سخرية خافتة:

- هل رأيت؟.. كل شيء على ما يرام، و...

ولكن فجأة، تحرَّكت تلك القطعة من حافة الحوض، التي كان يقف فوقها (غنيم)..

تحرَّكت في سرعة، كما لو كانت بساطًا يسحب من تحت قدميه.. وفقد (غنيم) توازنه..

لوَّح بذراعيه لحظة في الهواء، محاولًا الحفاظ على توازنه، ولكنه سقط..

سقط في حوض السباحة..

وللحظة، تجمَّد (فهيم) في مكانه، واتسعت عيناه في هلع، إلا أنه لم يلبث أن اندفع نحو حوض السباحة، وهو يهتف بصوت خافت:

- (غنيم).. أين أنت؟

شعر بالارتياح، عندما رأى (غنيم) يسبح في الحوض، وهو يقول في عصبية:

- يبدو أنني فقدت توازني.. هيا.. لا تقف جامدًا هكذا يارجل.. مد يدك، وساعدني على الصعود من هنا، قبل أن يستيقظ صاحبا الفيلا، على صوت سقوطي في الحوض.

مدّ (فهيم) يده إليه في سرعة، وراح (غنيم) يسبح نحوه في صمت، ثم مدّ يده ليلتقط يد (فهيم)، و...

وفجأة، أطلق (غنيم) شهقة قوية..

أطلقها قبل أن يجذبه شيء ما في عنف، إلى ما تحت الماء..

واتسعت عينا (فهيم) في رعب..

اتسعتا وهو يهتف:

- (غنيم).. أين أنت؟
وفجأة، أضيئت الأنوار كلها..
أنوار الفيلا، والحديقة، وتلك الأضـــواء، في قاع حوض السباحة..
وشهق (فهيم) في رعب لا مثيل له..
شـــهق، وهو يحدّق في مشـــهد رهيب، رآه يحدث تحت سطح الماء..
أما (إلهام)، فقد اســـتيقظت فجأة، فوق ذلك المقعد، الذي وضـعته إلى جوار فراش زوجها، عندما أضيئت الأنوار كلها دفعة واحدة، وهتفت في هلع:
- ماذا حدث؟..!
في البداية، تصـــوَّرت أنها غفت دون أن تدري، وانقطع التيـار الكهربي بعض الوقت، ثم عـاد بغتـة، إلا أنهـا لم تلبث أن انتبهت إلى تلك الشـــهقة في الحديقة، فارتجفت وهي تهتف:
- (فريد).. يوجد شخص ما في الحديقة.
لم تكد تنطقها حتى انتفضـــت كل خلية من خلاياها في هلع، مع صـــرخـة الرعب الرهيبـة، التي انطلقت في الخارج..
ومع الصرخة، هبّ (فريد) جالسًا، وهو يهتف:
- ماذا هناك؟
كانت (إلهام) تنتفض في ذعر لا مثيل له، وهي تهتف:
- في الخارج.. هناك في الخارج.
لم يكن قد تخلّص من تـأثير العقـار المهدئ بعد، ولكنـه اندفع نحو النافذة، وفتحها على مصـــراعيها، ثم اتســـعت عيناه في دهشة، وهو يحدق في (فهيم)، الذي انطلق يعدو

بكل قوته نحو سور الفيلا، وهو يطلق صرخات هلع ورعب..

ثم انتبه إلى حوض السباحة..

كانت كل أضواء القاع مضاءة، وتوجد حركة ما على سطحه..

ومن خلفه، هتفت (إلهام):

- ماذا يحدث يا (فريد)؟!.. ماذا يحدث؟!

أشار بسبَّابته إلى حوض السباحة، وهم يقول شيء ما، ولكن الكلمات تجمدت في حلقه، ولم تنجح في تجاوز شفتيه..

وفجأة، انطفأت الأضواء كلها..

وصرخت (إلهام) في ذعر، وهي تتعلق به، هاتفة:

- التيار الكهربي انقطع مرة أخرى.

تطلع إليها (فريد) في دهشة، على ضوء القمر، ثم اتجه نحو زر الإضاءة، وضغطه، و...

واشتعلت الأضواء..

وطوال دقيقة كاملة ظلّ كل منهما يحدِّق في وجه الآخر في هلع، ثم ألقت (إلهام) بنفسها بين ذراعي زوجها، وهي تهتف:

- ماذا يحدث يا (فريد)؟.. ماذا يحدث؟

لم يجب سؤالها، ولكنه غمغم في خفوت، وهو يضمّها إليه في قوة:

- كل شيء على ما يرام يا حبيبتي.. لقد انتهت المشكلة.. كل شيء على ما يرام.

انكمشت بين ذراعيه، وهي تنتفض في قوة، في حين تطلّع هو مرة أخرى إلى حوض السباحة، وقلبه يخفق في صدره..

بل يرتعد..
وبشدة..

☆☆☆

من الواضح أن النهار يختلف كثيرًا عن الليل، فلم تكد الشمس تشرق، حتى شعر (فريد) و(إلهام) بالكثير من الراحة، وخاصة مع وصول سيارة الشرطة، التي جعلت ضابط المباحث (مدحت)، الذي صافح (فريد)، وهو يسأله في اهتمام.

- ماذا حدث في الفيلا ليلة أمس يا دكتور (فريد)؟

أشار إليه الدكتور (فريد) بالجلوس، وهو يقول:

- محاولة سرقة على الأرجح، ولكننا لا ندري ماذا حدث بالضبط؟.. لقد استيقظنا على صرخات رعب، ورأينا رجلًا يعدو نحو سور الفيلا، وكانت الأنوار كلها مضاءة، ثم انطفأت فجأة.

سأله (مدحت):

- أتعني أن التيار الكهربي قد انقطع؟

أجابته (إلهام) في توتر ملحوظ:

- بل العكس هو الصحيح.. لقد أضيفت الأنوار وانطفأت، دون أن يكون لهذا أية صلة بالتيار الكهربي.

انعقد حاجبا (مدحت)، وهو يتطلَّع إليها في دهشة، مغمغمًا:

- حقًا؟!

كان من الواضح أنه يعتبر عبارتها حمقاء سخيفة؛ لذا فقد قالت في حدة:

- نعم.. لقد تصوَّرنا في البداية أن التيار الكهربي قد انقطع، ولكننا فوجئنا بأن هذا لم يحدث، بل كانت

المصابيح كلها تعمل بكفاءة تامة، وكشفنا لدهشتنا أن الأنوار أضيئت كلها، على الرغم من أن مفاتيح الإضاءة كلها كانت تشير إلى وضع الإغلاق.

لم يبد عليه أنه قد استوعب حديثها جيدًا، فقد بدا هادئًا لامباليًا، وهو يقول في بساطة:

- آه.. لقد فهمت.

ثم اعتدل ليسأل الدكتور (فريد) في اهتمام:

- وهذا الذي رأيتماه يعدو نحو الأسوار.. أكان يعدو إلى الداخل أم إلى الخارج؟

أجابه الدكتور (فريد) في دهشة:

- إلى الخارج بالطبع.. كيف يمكننا رؤيته، لو أنه يعدو إلى الداخل؟

تطلَّع (مدحت) إلى سور الأشجار، الذي يحيط بحوض السباحة، وقال:

- إنني أتساءل في الواقع، كيف يمكنكما رؤيته يعدو إلى الخارج، مع وجود هذه الأشجار؟

قالت (إلهام) في عصبية:

- لقد كان يعدو نحوها، وهذا يكفي.

هزَّ رأسه في بطء، وقال:

- آه.. بالطبع.

ثم سأل الدكتور (فريد):

- وهل سرق شيئًا؟!

هزَّ الدكتور (فريد) رأسه نفيًا، وقال:

- مطلقًا.. كل شيء على ما يرام.

بدا الضيق في عينى (مدحت)، وفي شفتيه الممطوطتين، وهو يقول:

- لماذا أبلغتها الشرطة إذن؟!

قالت (إلهام) في حدة:
- وما الذي ينبغي أن يفعله المرء، عندما يقتحم أحدهم منزله عنوة؟
أجابها (مدحت) في هدوء:
- يبلغ الشرطة على الفور، وليس بعد ست ساعات كاملة.
قال (فريد) متوترًا:
- كنا مرتبكين، ولم نتخذ القرار إلا مع الفجر.
ردَّد (مدحت) بنفس البساطة:
- آه.. فهمت.
ثم نهض قائلا:
- سنبذل قصارى جهدنا بالطبع، لضبط ذلك المتسلل، ولكنني في الواقع أحب أن أقدم إليك نصيحة يا دكتور (فريد).
سأله (فريد) في حيرة:
- أية نصيحة؟ !
مال (مدحت) نحوه، وقال بابتسامة هادئة:
- استأجر رجلًا لحراسة الفيلا.
ثم صافحه، وهو يستطرد:
- إلى لقاء أفضل بإذن الله.
واستدار يهم بالانصراف، ثم توقفت لحظة، والتفت إليهما، مضيفًا:
- واتصل بفني كهرباء جيد، لمعالجة ذلك الخلل.
قالها وعاد إلى سيارة الشرطة، التي غادرت الفيلا على الفور، فقالت (إلهام) في حدة:
- إنه سخيف.
صمت (فريد) لحظاته، ثم قال في خفوت:
- ولكنه على حق إلى حد كبير.

قالت في حدة:

- على حق؟!

أومأ برأسه إيجابًا، وقال:

- نعم.. لابد أن نستأجر رجلًا لحراسة الفيلا، وأن نستدعي أحد الفنيين، لفحص شبكة الكهرباء بالفيلا.

أرادت أن تعترض، إلا أنها لاذت بالصمت لحظات، قبل أن تغمغم :

- كما ترى يا حبيبي.

ربت على كتفها في حنان، ثم تثاءب قائلًا:

- أعتقد أنني بحاجة إلى الكثير من النوم، فأنا أقف على قدمي في صعوبة.

وافقته بإيماءة من رأسها، وهي تقول:

- هيا.. أذهب لتنام، وسأعد لك بعض الحساء الساخن، عندما تستيقظ.

اتجه إلى حجرة النوم، في الطابق الأرضي، وألقى جسده على الفراش، وجالت بخاطره لحظات صورة حوض السباحة، فتنهَّد في عمق، وأغلق جفنيه..

ثم استقرت في نوم عميق..

أما (إلهام)، فقد ألقت عليه نظرة حانية، ثم مدَّت أصابعها في حذر، وداعبت شعره في حنان، وهي تهمس:

- نم يا حبيبي.. نومًا هنيئًا.

تنهَّدت بدورها، وجلست على المقعد المجاور للنافذة، وتطلعت بضع لحظات إلى حوض السباحة، وقاومت رغبتها في السباحة لحظات، ثم لم تلبث أن غمغمت:

- لماذا أقمنا الحوض إذن؟

نهضــت ترتدي لباس الســباحة، واتجهت إلى الحوض، ووثبت إلى الماء في رشــاقة، ثم غاصـت فيه، وعادت تضربه الماء بقدميها، لتصعد إلى السطح..

وأنعشـــها الماء البارد، فنفضـت الماء عن شـعرها في استمتاع، والتقطت نفسًا عميقًا من الهواء على السطح، وهي تغلق عينيها في قوة، ثم فتحتهما، و...

واتسعت عيناها في رعب..

وارتجف جسدها كله..

ثم انطلقت من حلقها صرخة..

صرخة رعب هائلة.

☆ ☆ ☆

# الرعب

عقد النقيب (مدحت) حاجبيه في شــدة، وهو يراقب رجاله، الذين يعملون في همة، حول حوض السـباحة، ثم التفت إلى (فريد)، الذي بدا شديد التوتر، وهو يحيط كتف (إلهام) بذراعه، ويربّت عليه في حنان، في حين أخذت هي ترتجف في شــدة، وكأنها تعاني بردًا قارسًــا، وقد ضّمت ركبتيها إلى صدرها، وانكمشت فوق مقعدها، في معطف الاســتحمــام، والـدموع تترقرق في عينيهــا، وتمنحهما لمعانًا عجيبًا، جعل النقيب (مدحت) يتجه إليها، ويقول بصـــوته الهادئ، الذي يحمل دائما مســـحة من البساطة واللامبالاة:

- اهدئي يا سيدتي.. سينتهي كل شـيء على ما يرام بإذن الله.

بدت شديدة العصبية، وهي تقول:

- من الســهل أن تقول هذا، ما دمت لم تمرّ بما مررت به أنا.

قال في هدوء:

- أعلم أن المفاجأة كانت عنيفة، ولكن الأمر ليس خطيرًا إلى هذا الحد.

صاح به الدكتور (فريد):

- ماذا تقول أيها الضابط؟!.. ألا تعلم ما واجهته زوجتي؟

أجابه (مدحت):

- بل أعلم.. لقد روت لى كل شـيء.. كانت تسـبح، عندما برزت تلك الجمجمة أمامها فجأة.

غطت (إلهام) وجههـا بكفيهـا، وراحـت تنتحـب، وهي تقول:

- كان أمرًا بشــعًا فظيعًا.. لقد فوجئت بتلك الجمجمة البشرية أمامي، ثم تبعتها العظام الأخرى.. شـيء فظيـع.. فظيع.

وهتف الدكتور (فريد):

- أريد تفسيرًا لكل هذا.. أي تفسير منطقي.

هزَّ (مدحت) كتفيه، وألقي نظرة أخرى على رجالـه، الذين انهمكوا في انتشــال العظام من حوض السـباحة، وقال:

- التفسـير واضـح وبسـيط.. هناك من يحاول إخافتكما، ودفعكما إلى الفرار من هنا بأي ثمن.

تطلَّعت إليه (إلهام) مستنكرة، في حين هتف (فريد):

- وما علاقة هذا بذاك؟

أجابه (مدحت) في بساطة:

- العلاقة أوضـح مما ينبغي يا دكتور (فريد).. في البداية أرسلوا شـخصًا يطلق صـرخات رهيبة، وهو يعدو في الحديقـة، ثم ألقوا بعض العظـام البشــرية في حوض السباحة، و...

قاطعته (إلهام) في حدة:

- هذه العظام لم تكن هناك، عندما قفزت إلى الحوض.

ابتسم في بساطة، وقال:

- تقصدين أنك لم تلمحيها.

قالت في صلابة وعناد:

- بل لم تكن هناك.. كانت المياه رائقة وشــفافة للغاية، والقاع يبدو واضـحًا تحت أشعة الشمس، ولو كانت هناك عظمة واحدة صغيرة، لرأيتها على الفور.

صمت لحظة، ثم قال:

- ربما ألقاها بعضهم، بعد نزولك إلى الحوض.

قالت في حدة:

- مستحيل!

لوَّح بسبابته في بساطة، وهو يقول؟

- لا يوجد مستحيل.. أخبريني أولًا: كيف تنزلين إلى الحوض؟.. هل تقفزين، أم تهبطين في درجات السلّم في هدوء؟

أجابته في دهشة:

- بل أقفز.. لماذا تسأل؟

ابتسم وهو يبتعد إلى ركن الفيلا، قائلًا:

- لأنني لو كنت شخصًا غريبًا، يرغب في إثارة الذعر والفزع هنا، وأحمل كمية من العظام البشرية، لا نتظرت حتى تقفزي إلى الماء، ثم..

قالها وانطلق يعدو إلى حافة الحوض، وتظاهر بإلقاء شيء ما فيه، وهو يستطرد في حماس:

- ثم أنطلق إلى الحوض، وألقى العظام.

وعاد جريًا إلى الحافة، واختفي خلفها، مضيفًا:

- وأعود إلى مخبئي، قبل صعودك إلى السطح، وكشفك أمر العظام.

بدا لها التفسير منطقيًا إلى حد كبير، ولكنها قالت في عناد:

- لو أن أحدهم فعل هذا لسمعت وقع قدميه.

هزَّ رأسه نفيًا، وقال:

- كلَا.. إنه ببساطة سيسير حافي القدمين، أو يرتدي حذاء رياضيًا من الكاوتشوك، لا يصدر صوتًا.

ران الصمت لحظة، ثم قال (فريد)، وهو يعدل وضع منظاره الطبي فوق أنفه:

- تفسير منطقي.

ثم استدرك في سرعة:
- ولكن من يفعل هذا؟.. ولماذا؟
أجابه (مدحت):
- شخص يرغب في شراء الفيلا مثلا.
سألته (إلهام):
- مثل من؟
هزَّ كتفيه، قائلًا:
- من يدري؟
ساد الصمت مرة أخرى، وكل منهم يفكر في الأمر، حتى قطع أحد رجال الشرطة حبل الصمت، وهو يقول:
- انتشلنا كل العظام يا سيّدي الضابط.
التفت إلية (مدحت)، قائلًا:
- أأنت واثق؟
أجابه الشرطى:
- يمكنك التأكد بنفسك يا سيّدى.
اتجه (مدحت) إلى حوض السباحة، وهو يقول في حزم:
- هذا ما سأفعله بالفعل.
وقف على حافة الحوض، وتطلّع إلى القاع في اهتمام؛ ليتأكد من أن رجاله قد أدوا واجبهم على أكمل وجه..
وفجأة، انعقد حاجباه في شدة..
لقد خيل إليه أن قطعة من أرضية الحوض قد انفصلت عنه، وتحرّكت بضعة سنتيمترات، ثم التصقت بالجدار .. ولكنه كذب عينيه..
مستحيل أن يحدث هذا..
مستحيل تمامًا..
إنه خداع بصرى حتمًا، بسبب انكسار الضوء، وتموجات الماء الخفيفة، و...

طرح الأمر عن ذهنه بسرعة، وعاد يلتفت إلي (فريد) و(إلهام)، وسأل (على)، في محاولة لإبعاد المشهد عن تفكيره:

- ما الذي يعنيه لقب (دكتور) هذا؟.. أأنت طبيب؟

هز الدكتور (فريد) رأسه نفيًا، وأجاب:

- بل يعني أنني حاصل على درجة الدكتوراة في تخصصي.

سأله (مدحت):

- أي تخصص؟

أجابه في شيء من الفخر:

- أنا أحد أساتذة قسم البيولوجي، في كلية العلوم، بجامعة (الإسكندرية).

رفع (مدحت) أحد حاجبيه وقال:

- علم البيولوجي هذا.. دعني أتذكر، إنه علم الأحياء على ما أظن..

قال (فريد):

- نعم، البيولوجي: علم الأحياء، وينقسم إلى علم النبات، وعلم الحيوان، ويتضمن كل من القسمين علوم الخلية، والأنسجة، و التشريح، والمورفولوجيا، والفسيولوجيا، وعلم الآجلة، وعلم البيئة، وعلم الوراثة والتطور، وعلم الحفريات، وعلم التصنيف، وهناك علوم بيولوجية خاصة، مثل علم الميكروبيولوجي والبيولوجيا البحرية وبيولوجي الفضاء.

ابتسم (مدحت) وقال:

- عظيم.

لم تكن عبارته تعبر عما يشعر به في الواقع، وإنما كانت مجرَّد كلمة، ينهي بها هذا الحديث، لينتقل إلى نقطة أخرى، قائلًا:

- على أية حال، سأجري كل التحريات اللازمة، حول هذا الأمر، وسأرسل العظام إلى الطبيب الشرعي مباشرة، وما زلت أكرر ضرورة استئجار حارس خاص، واستدعاء فني لفحص التوصيلات الكهربية.

أضافت (إلهام) في توتر:

- وتفريغ حوض السباحة.

قال (مدحت) مبتسمًا:

- هل نجحوا في إخافتك؟

قالت في عصبية:

- أتتصوَّر أنني سأسبح مرة أخرى، في نفس المياه، التي سبحت فيها عظام بشرية؟

قال في هدوء:

- كلًا بالطبع.

ثم شدّ قامته، مستطردًا:

- إلى اللقاء.. سأبلغكما بالنتائج أولًا فأول بإذن الله.

وانصرف مع رجاله، الذين يحملون العظام في حرص واهتمام، ولم تكد سيارة الشرطة تغادر الفيلا، حتى غمغم (فريد):

- أتعلمين.. إنه على حق.. لابد من استئجار حارس للفيلا.

ثم اتجه إلى الهاتف، وطلب رقم شركة أمن خاصة، فسألته هي:

- هل أقنعك تفسيره؟

هزَّ كتفيه، وقال:

- إنه منطقي إلى حد كبير.

قالت في عناد:
- ولكنه لا يفسر الأضواء، التي اشتعلت بلا مبرر.
رفع رأسه، قائلًا:
- هذا يعني ضرورة استدعاء فني لفحصها.
ثم التفت في اهتمام إلى الهاتف، وقال:
- شركة الأمن الوطنية.. صباح الخير.. أريد التعاقد معكم لإرسال حراسة إلى فيلتي، في (كنج مريوط).
تركته يتحدَّث إلى المسئولين في شركة الأمن، وتطلّعت في قلق إلى حوض السباحة..
وفجأة، كشفت أن هذا الحوض لم يعد حلم حياتها كما كان..
لقد أصبحت تخشاه..
تخشاه كثيرًا..

☆☆☆

"إنه أمر عجيب بالفعل"..!!
اعتدل النقيب (مدحت) في اهتمام، عندما سمع الطبيب الشرعى ينطق هذه العبارة، والتفت إليه يسأله:
- ما العجيب في الأمر؟
لوَّح الطبيب الشرعي بيده، وهو يقول:
- إنه هيكل عظمي كامل، لاتنقصه عظمة واحدة.. حتى العظيمات الصغيرة.. كلها موجودة.
أجابه (مدحت):
- بالتأكيد، فالشخص الذي يريد إثارة فزع الدكتور (فريد) وزوجته، لابد أن يستعين بهيكل عظمي كامل..
هزَّ الطبيب الشرعي كتفيه، وقال:

- يمكنه أن يكتفي ببعض العظام، فالجمجمة وحدها يمكن أن تحدث الأثر المنشود.
ابتسم (مدحت) ابتسامة باهتة، خلت من أي انفعال، وهو يقول:
- ربما هو شخص يميل إلى الإتقان.
مطَّ الطبيب الشرعي شفتيه، وقال وهو يلتقط الجمجمة لفحصها:
- من النادر أن نرى في (مصر) مجرمًا من هذا الطراز.
فحص الجمجمة بنظرة سريعة، قبل أن يعتدل، ويقول في آليه :
- إنها جمجمة رجل، في أواخر الثلاثينات.
سأله (مدحت) :
- كيف تعرف هذا؟
أشار الطبيب الشرعي إلى الفك، وقال:
- من الأسنان، وبعض العلامات الأخرى في عظام الجمجمة، وفي معظم أو كل العظام الأخرى تقريبا.. هذه مثلًا عظمة الذراع ولو نظرت جيدًا إلى..
بتر الرجال عبارته بغتة، وانعقد حاجباه، وهو يحدّق في العظمة، في مزيج من الدهشة والاهتمام، مما جعل (مدحت) يعتدل في لهفة، ويسأله:
- ماذا ترى؟
ظل الرجل صامتًا لحظة، وهو يتطلّع إلى عظمة الذراع، قبل أن يشير إلى أعلاها، قائلًا:
- هذه الثقوب.
ألقي (مدحت) نظرة على الثقوب العديدة، التي بدت واضحة على قمة العظمة، في نقطة المفصل، وقال :
- أليست طبيعية؟

أجابه الطبيب الشرعي في حزم:
- مطلقًا.
ثم التقط عدسة مكبرة ضخمة، من الرف المجاور له، وأزال الغبار عنها بإصابعه، وأخذ يفحص بها تلك الثقوب، قبل أن يتابع في حيرة:
- إنها منتظمة أكثر مما ينبغي، وحوافها ذائبة، أو محفورة بدقة مدهشة.
هتف (مدحت):
- هذا يثبت نظريتي.. هذه العظام تخصّ أحد طلاب كلية الطب.
هزَّ الطبيب الشرعي رأسه نفيًا، وقال وهو يواصل فحص العظمة، في اهتمام يفوق الحد:
- كلًا.. لا يمكن لأي شخص عادي أن يحدث مثل هذه الثقوب.
بدت الحيرة على وجه (مدحت)، وهو يسأل:
- ما الذي أحدثها إذن؟
التقى حاجبا الطبيب الشرعي في شدة، وبدا وكأنه لم يسمعه، وهو يقول:
- عجبًا!.. هل من الممكن أن...
فوجئ به (مدحت) يهبّ فجأة من مقعده، وهو يحمل العظمة، ثم يلتقط مطرقة ثقيلة، ويضع العظمة على منضدة التشريح الرخامية، فسأله في قلق:
- ماذا حدث؟
أجابه الطبيب الشرعى، وهو يرفع المطرقة في حزم:
- هذه العظمة أخف مما ينبغي.
سأله (مدحت):
- وما الذي يعنيه هذا؟

ولم يجب الرجل..

لقد هوى بالمطرقة على العظمة، وهشَّم قمتها في عنف، ثم حملها في لهفة، وفحص داخلها، قبل أن يهتف:

ـ هذا ما توقعته تمامًا.

سأله (مدحت)، وقد التهمه الفضول تمامًا:

ـ ماذا هناك؟

قال الطبيب الشرعي، في حماس عجيب:

ـ أمر لم أره في حياتي كلها من قبل، ولم يسجله أي مرجع طبي معروف.

وقلب العظمة، ليرى (مدحت) داخلها في وضوح، وهو يستطرد:

ـ هذه العظام خالية من أي أثر لنخاعها الداخلي.. خالية تمامًا.

وكانت مفاجأة لـ (مدحت) ..

مفاجأة مذهلة.

☆ ☆ ☆

# حتى النخاع

على الرغم من كل الجهد الذي بذلته (إلهام)، وكل محاولاتها للسيطرة على أعصابها، إلا أنها بدت متوترة للغاية، وفي تراقب فني الكهرباء، الذي انتهى من فحص كل أسلاك الفيلا، قبل أن يهزّ رأسه، قائلًا:

- لا يوجد أي شيء غير طبيعي.. كل التوصيلات على خير ما يرام.

سأله (فريد) في دهشة:

- أأنت واثق من هذا؟.. كيف أضيئت الأنوار وانطفأت وحدها إذن؟

هزَّ الرجل رأسه مرة أخرى في حيرة، وقال:

- لست أدري.. لقد فحصت كل شيء، ولا يوجد خلل واحد.

ولم تدر (إلهام) لماذا سرت في جسدها هذه القشعريرة، عندما سمعته ينطق ما نطقه..

لقد كانت تتوقع هذا..

لم تشك لحظة واحدة في أن كل شيء يعمل بكفاءة تامة.. فيما عدا حوض السباحة..

كان هناك شيء ما في ذلك الحوض..

شيء مجهول، يبعث في جسدها قشعريرة عجيبة، كلما تطلّعت إلى الحوض، الذي ظلّت تحلم به طيلة عمرها..

ولكنها لم تخبر (فريد) بما تشعر به..

تركته يقود فني الكهرباء إلى خارج الفيلا، ثم يعود إليها، قائلًا:

- عجبًا.. لم أكن أتوقع هذا قط.

شعرت بالتوتر لعبارته، وقالت في محاولة لإبعاد الأمر عن ذهنها:

- متى يصل الحارس الخاص؟
أجابها وهو يلقي نظرة على ساعته:
- المفروض أن يصل بين لحظة وأخرى.
هزت رأسها متفهمة، قبل أن تسأله:
- هل أفرغت حوض السباحة؟
ربَّت على كتفها، وهو يقول:
- نعم.. هل تريدين رؤيته؟
لم تكن ترغب - في الواقع - في هذا الأمر، ولكنها قرَّرت التغلب على ذلك الخوف المبهم، الذي تشعر به تجاه حوض السباحة، فنهضت من مقعدها قائلة:
- نعم.. دعنا نرى.
تأبطت ذراعه، واتجها في خطوات بطيئة نحو حوض السباحة، وهو يقول بابتسامة زائفة، حاول بها إعادة الطمأنينة إلى نفسها:
- لم أكن أعلم أن حوض السباحة يستغرق كل هذا الوقت لإفراغه.
غمغمت :
- إنه يحتاج إلى ضعفه ليمتلئ.
بدأت ساقاها في الارتجاف، عندما اقتربا من الحوض، ولكنها قاومت هذا الشعور، وواصلت سيرها، حتى أصبحا على حافة الحوض، الذي بدا أكثر عمقًا وهو فارغ، وقال (فريد)، وهو يشير إلى قاعة:
- هل رأيت.. كل شيء على ما يرام.
كان القاع يبدو بالفعل منتظمًا نظيفًا، ولكن شيئًا ما في أعماقها جعلها تشعر بالرهبة، وهي تتطلّع إليه، فرفعت عينيها، قائلة:
- عظيم.

أتت كلمتها مرتجفة، على الرغم منها، فتطلّع إليها في إشفاق، ثم ربَّت على كتفيها في حنان، وغمغم:

- اطمئني يا (إلهام).. أنا إلى جوارك، وسينتهي كل شيء على خير ما يرام بإذن الله، ولن...

بتر عبارته بغتة، وانعقد حاجباه في شدة، وهو يحدّق في الركن البعيد العميق، من حوض السباحة..

كان ذلك الركن ينبض..

صحيح أنها كانت نبضات خافتة، ولكنه لمحها في وضوح..

وفي توتر، سألته (إلهام):

- ماذا هناك؟

كادت تدير رأسها إلى حيث ينظر، ولكنه أسرع يرسم على شفتيه ابتسامة باهتة شاحبة، ويعدل من وضع منظاره فوق أنفه، وهو يقول:

- لا شيء.. أشعر ببعض الإرهاق فحسب.

غمغمت مشفقة:

- إنه تأثير العقار المهدئ.. إنك لم تحصل على قدر كاف من النوم، منذ حقنك به الدكتور (محمد إمام).

سعل مداريًا انفعاله، وهو يقول:

- كما أنني لم أتناول ذلك الدواء، الذي وصفه لرئتي.

لم يكن يتم عبارته، حتى سمع الإثنان بوق سيارة، من مدخل الفيلا، فأدارا عيونهما نحوه، ورأيا سيارة تدلف إلى الحديقة، وهي تحمل على جانبها شعار شركة الأمن الوطنية، فقال (فريد) في ارتياح:

- لقد وصل حارسنا الخاص.

تنهَّدت هي مغمغمة:

- أخيرًا.

واتجها معا لاستقبال سيارة الشركة، وقدم إليهما سائقها شابًا نحيل الجسد، يرتدي ثياب الشركة، الشبيهة بزي رجال الشرطة، مع اختلاف لونها، وهو يقول:

- (جلال) هو الحارس الخاص، الذي اختارته الشركة، ليعمل على حراسة الفيلا ليلًا، وفي الصباح سيأتي (طاهر)، الحارس النهاري، وسيعمل كل منهما اثنتى عشرة ساعة، من الثامنة إلى الثامنة.

صافحهما (فريد)، وهو يقول :

- عظيم، هل تحمل سلاحًا يا (جلال)؟

أومأ الشاب برأسه إيجابًا، وقال:

- نعم.. إنه مسدس مرخَص، تمنحه الشركة لرجالها عادة.

ثم ألقى نظرة سريعة على حوض السباحة من بعيد، وسأل:

- هل تعانيان من بعض الفضوليين، الذين يتسلّلون إلى حوض السباحة؟

أجاية الدكتور (فريد):

- يمكنك أن تقول هذا، ومهمتك هي منع كل أسباب التوتر والخوف هنا.

ارتسمت على شفتي (جلال) ابتسامة كبيرة، وهو يقول:

- اطمئن يا سيّدي.. اطمئني يا سيدتي.. ما دمت هنا، فستكون لياليكما هادئة بإذن الله.

رمقته (إلهام) بنظرة جانبية، دون أي تعليق، ولكنها في أعماقها. كانت تعتقد أنه مخطئ..

مخطئ تمامًا..

☆ ☆ ☆

بدت لهفة شديدة على وجه (مدحت)، وهو يسأل الطبيب الشرعي، الذي يدير العظمة بين يديه في انبهار:
- لماذا يبدو لك هذا الأمر عجيبًا؟.. أليس من الممكن أن تخلو العظام القديمة من النخاع؟
هزَ الطبيب الشرعي رأسه نفيًا، وقال:
- كلَّا.. الأمر على العكس تمامًا، فالعظام لا تخلو من النخاع أبدًا، حتى أنك لو فحصت المومياوات المصرية القديمة، لوجدت في عظامها كمية لا بأس بها، من نخاع العظام، تستطيع معه معرفة فصيلة دم صاحب المومياء، بعد خمسين قرنًا من موته.
ثم رفع العظام بيده، مستطردًا في حماس:
- أما هذه العظام، فهي تخلو من أي أثر للنخاع.
بدت الحيرة على وجه (مدحت)، وقال:
- إنها عظام قديمة، من المحتمل أن أحدهم أفرغها من النخاع، أو...
قاطعه الطبيب الشرعي:
- دعنى أصحّح لك معلوماتك أولًا، فهذه العظام ليست قديمة كما تتصوَّر، بل هي عظام حديثة، لم يمض يوم واحد، على انتزاعها من جسد حي، فهي كما تراها بيضاء ناصعة متماسكة، لم يتغيَّر لونها، أو تصاب بالبلى، ولكن العجيب فيها هو أنها خالية تمامًا من أي أثر للعضلات أو الشحوم، أو حتى الأربطة، كما لو أنك أغرقت جثة صاحبها في سائل خاص، أذاب كل ما علق بها، وتسلَّل عبر تلك الثقوب الدقيقة المنتظمة، ليذيب نخاعها تمامًا، ويتركها هكذا، نظيفة خالية.
قال (مدحت):

- ربما هذا هو ما حدث بالفعل.. لقد أذاب بعضهم ما علق بالعظام، في نوع من الحامض مثلًا، أو...

قاطعه الطبيب الشرعي مرة أخرى في حسم:

- مستحيل!

ثم عاد يشير إلى العظام، وهو يقول مبهورًا:

- إننا أمام ظاهرة جديدة وعجيبة أيها النقيب.. ظاهرة ربما حملت في مراجع الطب الشرعي اسمي.

وتهلَّلت أساريره، وهو يستطرد في حماس:

- هل تدرك ما يعنيه هذا؟.. سأصبح واحدًا من مشاهير الطب الشرعي.

نهض (مدحت)، وهو يقول:

- كلًا يا سيد.. لست أدرك هذا.. كل ما أدركه، بحكم عملي وانتمائي، وهو أن فيلا الدكتور (فريد) تواجه خطرًا مجهولًا.

وشدّ قامته، قبل أن يضيف في حزم:

- ورهيبًا..

☆☆☆

"فيم شرودك؟"..

ألقت (إلهام) السؤال على زوجها في صوت خافت ولهجة حنون، وهي تضع يدها في رفق على كتفه، في محاولة لانتزاعه من شروده الطويل، وهو يتطلَّع إلى حوض السباحة، عبر الباب الزجاجي الكبير الحجرة المعيشة بالفيلا، والذي يطل على الحديقة، فأدار (فريد) عينيه إليها في بطء، وتطلع إليها لحظات أخرى في شرود، وكأنه لا يراها، ثم رسم على وجهه ابتسامة باهتة، وهو يقول:

- أهلًا يا (إلهام).. كيف حالك الآن؟
جذبت مقعدًا، وجلست إلى جواره، وهي تقول مشفقة:
- كيف حالك أنت؟.. إنك لم تتحرَّك منذ أكثر من ساعة، ولم تكفّ عن التطلَّع إلى الحوض.. ما الذي يقلقك؟
صمت لحظات، وهو يتطلّع إليها بعينين مترددتين، من خلف منظاره الطبي، ثم سألها بغتة:
- (إلهام).. كنت تحلمين منذ صباك بحوض السباحة الخاص هذا. فهل تعرفين شيئًا عن أحلامي أنا؟
وضعت يدها على كتفه، وهمست:
- بالطبع.. إنك تحلم بتحقيق شهرة واسعة، في علم البيولوجيا.
غاص في مقعده، وهو يسألها:
- وكيف يتحقق هذا؟
هزَّت كتفيها، وأجابت:
- بكشف جديد، أو نظرية جديدة.. أو أي شيء يضيف طفرة إلى علم البيولوجيا.
ثم داعبت شعره في حنان، مستطردة في همس:
- ولكن لماذا داعبك حلمك الآن؟
اعتدل بغتة، على نحو أدهشها وأربكها، وقال في صوت عميق ولهجة حاسمة:
- لأنني على وشك تحقيقه.
هتفت في دهشة حقيقية :
- ماذا تعني؟!
عدَّل وضع منظاره في انفعال، وهو يقول:
هل تذكرين دراستك في كلية العلوم يا (إلهام)؟.. في قسم البيولوجيا بالذات؟
همست في شيء من الدلال:

- بالطبع.. كنت طالبة نصف فاشلة، وكنت أنت الأستاذ النابه، الذي أراد معاونة تلميذته على النجاح، فإذا به يتزوجها، و...

قاطعها بسرعة ولهفة:

- لا.. ليس هذا ما أقصده، بل أقصد ما تعلمته هناك، عن فصائل ورتب المخلوقات الحية، عن الأنواع الجديدة من الكائنات، التي يتمّ كشف وجودها كل يوم وكل ساعة.. كلها - كما تعلمين - مجرّد تحورات بيئية، أو كيميائية، لبعض الكائنات الموجودة بالفعل، ومن النادر للغاية أن يتوصَّل عالم بيولوجي إلى كشف وجود كائن فريد، لا مثيل له.. أليس كذلك؟

غمغمت في حيرة.

- هذا صحيح.

تألقت عيناه من خلف منظاره، وهو يقول:

- أنا سأصبح بإذن الله واحدًا من العلماء، الذين كشفوا وجود كائن جديد، لا مثيل له بين كائنات الأرض كلها.

انعقد حاجباها في شدّة، وهي تتطلَّع إليه في مزيج عجيب من الدهشة والقلق، قبل أن تسأله في توتر:

- ماذا هناك بالضبط يا (فريد)؟

تنهَّد في عمق، وعاد يسترخي على مقعده، وهو يقول:

- لم أحسم الأمر بعد، ولكنني أعتقد أننا بصدد كشف علمي بيولوجي بالغ الأهمية، وبالغ الخطورة.

وارتسمت على شفتيه ابتسامة حالمة، وهو يستطرد:

- كشف قد يمنحني جائزة (نوبل) في العلوم.

كان يتفجَّر حماسًا، حتى أنها لم تشأ تحطيم سعادته، في ظل هذه الظروف، فانحنت تطبع قبلة باردة على أذنه، وهي تهمس:

- هذا عظيم يا حبيبي.. عظيم جدًا..
اتسعت ابتسامته مع عبارتها، واسترخى في مقعده منتشيًا، وراح يتطلّع في هيام شديد إلى حوض السباحة، مما أثار دهشتها وحيرتها..
ماذا هناك؟ ما الذي يجذبه إلى الحوض بهذا الاهتمام؟..
جالت بخاطرها عدة أفكار جنونية، إلا أنها طرحتها جانبًا في سرعة، ونهضت قائلة:
- أعتقد أن موعد النوم قد حان.
نهض معها في هدوء، وألقى نظرة أخيرة على حوض السباحة، ثم ربَّت على ظهرها، قائلًا:
- اذهبى أنت للنوم يا حبيبتي، أما أنا، فسأقضي بعض الوقت في المكتبة.. أريد مطالعة بعض المراجع.
أدهشها موقفه هذا، وهو الذي يقدّس مواعيده دائمًا، ولكنها لم تشأ معارضته، بل سألته في استسلام:
- هل أعد لك قدحًا من الشاي؟
ابتسم في سعادة عجيبة، وهو يقول:
- كلًا يا حبيبتي.. اذهبي أنت للنوم، وسأقرأ أنا بعض الوقت، ثم ألحق بك.
افترقا في حجرة المعيشة، وأغلقت هي الباب الزجاجي الكبير، المطلّ على الحديقة، ثم اتجهت إلى حجرة نومها في صمت، في حين دلف هو إلى حجرة مكتبه، وأغلق بابها خلفه والتقط أحد مراجعة العديدة، وراح يقرؤه في نهم كامل..
وفي الخارج، تطلّع (جلال) في هدوء إلى الفيلا، وهو يسير في حديقتها، متفقدًا السور، وابتسم وهو يتمتم :

- من الواضـح أنهما زوجان جديدان، في شـهر العسـل.. يبدو أنني محظوظ بهذا العمل، ففرصـة حدوث المتاعب تكاد تكون معدومة.

سـار الهوينى عبر الحديقة، وتفقَّد المكان في عنايـة واهتمام، ثم اتجه إلى حوض السـباحة، الذي تحيط به الأشجار القصيرة، وأعمدة الإنارة الأنيقة، وتنهَّد قائلا:

- هناك من حقَّقوا كل ما يحلم به المرء، في هذه الدنيا.

دس كفيه في جيبي سـرواله، ووقف على حافة الحوض الفارغ يتطلَّع إليه مبتسمًا، وهو يحلم بامتلاك مثله يومًا.. وفجأة انتبه إلى تلك الحركة..

حركة سـريعة، بدأت وانتهت في ثانية واحدة، في جزء من أرضية الحوض..

وعقد (جلال) حاجبيه في دهشـة، وأخرج يديه من جيبي سـرواله، وتحسَّس بهما جراب مسـدسـه في حركة غريزية، وهو يغمغم في توتر:

- ما هذا؟.. أهو مجرَّد خداع بصرى، أم أن تلك الأرضية قد تحرَّكت بالفعل؟!

وقف جامدًا، يتطلَّع إلى البقعة نفسها..

كان كل شيء يبدو عاديًا، هادئًا، صامتًا..

فيما عدا أمرًا واحدًا..

كان ضـوء المصـابيح المحيطة بالحوض ينعكس على قاعة الفارغ في كل مكان..

إلا بقعة واحدة..

نفس البقعة التي رآها تتحرك منذ قليل..

صحيح أنها تشبه تمامًا أرضية الحوض، ولكن الضوء لا ينعكس فوقها قط..

ثم بغتة، بدأت تلك البقعة تتحرَّك..

وشهق (جلال)..
ومع شهقته توقفت تلك البقعة، وعادت جامدة ثابتة، كما لو كانت قطعة من أرضية حوض السباحة..
وتمتم (جلال) في توتر بالغ:
- مستحيل!.. هذا مستحيل!
تحسَّس مسدسه مرة أخرى، وألقى نظرة على الفيلا، ولمح ضوء حجرة المكتب المضاء، وراودته لحظة فكرة إبلاغ الدكتور (فريد) بما يحدث، إلا أنه سرعان ما لفظ الفكرة؛ لأنها قد تزعزع صورته، وموقعه كحارس لأمن الفيلا..
وقرر أن يفحص الأمر بنفسه..
وفي حذر، تعلّق بسلم الحوض، وهبط إلى بداية القاع، في الجزء الأقل عمقًا من الحوض، ووقف لحظة يتطلّع إلى تلك البقعة، التي لا تختلف قط عن القاع، ثم أمسك مسدسه في جرابه، واتجه إليها في خطوات بطيئة متوجسة..
ولكن تلك البقعة ظلت جامدة ساكنة..
واقترب (جلال) أكثر وأكثر، حتى صار قيد سنتيمترات منها.
وهنا فقط بدت له واضحة..
لم تكن بالفعل قطعة من أرضية الحوض، وإنما كانت جسمًا هلاميًا كبيرًا، شبه مستدير، يبلغ نصف قطره الأكبر مترًا كاملًا على الأقل، وهو يرتفع سنتيمترين عن قاع الحوض، وينتشر فوقه متخذًا نفس لونه وهيئته..
وفي حيرة، تمتم (جلال):
- ما هذا بالضبط؟

استجمع شجاعته، وتحسَّس ذلك الجسم بقدمه، فبدا له رخوًا إلى حد ما، أشبه بقطعة من المطاط الساكن، فالتقط نفسًا عميقًا، وقال:

- يا لهؤلاء الأغنياء!!.. أراهن أنها مجرَّد لعبة، أو سدَّادة للحوض..

إنهم ينفقون أموالهم في نزوات سخيفة بلا هدف أو معنى.

ركل الجسم بقدمه مرة ثانية، ثم شعر بالاطمئنان، وتراخت أصابعه حول مقبض مسدسه، واستدار لينصرف..

وفجأة، عكس الضوء القادم من خلفه ظلًا مخيفًا إلى جواره.. ظلّ جسم ينهض من أرضية الحمام، وينتصب قائمًا خلفه..

وبسرعة وذعر، استل (جلال) مسدسه، واستدار يواجه ذلك الشيء..

ثم اتسعت عيناه في رعب..

رعب هائل..

وبكل الخوف والرعب والذعر في أعماقه، أطلق (جلال) رصاصات مسدسه نحو ذلك الشيء الرهيب، وهو يصرخ:

- لا.. لا.. اتركني.

ثم قفز المسدس من يده في عنف، وارتطم بأرضية الحوض في رنين مزعج، تردَّد صداه عبر جدران الحوض الفارغ، وانطلقت صرخة أخرى من (جلال):

- لا.. ابتعد.. ابتعد ...

وبعدها توقف صوته تمامًا، وتألقت كل الأضواء..

تألقت بشدة.

☆☆☆

# جائزة نوبل

لا أحد يمكنه أن يصف ذلك الرعب، الذي تفجَّر في جسد (إلهام)، عندما سمعت تلك الصرخات، التي أطلقها (جلال)، والتي امتزجت بدوي رصاصاته..

لقد سرت في جسدها كله قشعريرة هائلة، كادت من فرط عنفها تنتزع قلبها من صدرها انتزاعًا..

ثم أصابها ما يشبه الشلل..

لقد تجمَّدت في فراشها، كما لو أن ساقيها قد عجزتا عن حملها، حتى سمعت صوت المسدس، وهو يرتطم بأرضية الحوض..

عندئذ فقط قفزت من فراشها صارخة، وراحت تهتف باسم زوجها:

- (فريد).. (فريد).. أين أنت؟!

أما (فريد)، فقد انتفض جسده كله مع الصرخة الأولى، وانطلق يعدو إلى الخارج مع الثانية، وسمع صوت ارتطام المسدس بقاع الحوض، وهو يتجاوز الباب الزجاجي الكبير لحجرة المعيشة، فجرى بكل قوته نحو حوض السباحة..

ولكن فجأة، وقبل أن يبلغه، انطفأت كل الأضواء دفعة واحدة.. وسمع صرخة أخرى.

كانت الصرخة هذه المرة من حجرة (إلهام)، التي اندفعت نحو النافذة، وفتحتها صارخة:

- (فريد).. أين أنت؟

هتف بها، وهو يلوح بذراعيه:

- أنا هنا.. اطمئني.

صاحت منهارة:

- وأين الحارس؟.. أين هو؟

تلفت حوله في توتر، وهو يجيب:
- لست أدري.. ربّما..
لم يتمّ عبارته، ولكنها فهمت على الفور ما يعنيه، وصاحت في هلع:
- أهو الذي؟!.. رباه!.. أهو يا (فريد)..؟
لم يجب (فريد)، وإنما سار بخطوات واسعة سريعة نحو حوض السباحة، وانحنى يتطلَّع داخله..
كان كل شيء هادئًا ساكنًا، فيما عدا المسدس الملقي في منتصف الحوض..
وفي لهفة وانفعال، أدار (فريد) عينيه في قاع الحوض وجدرانه...
ثم توقف بصره بغتة..
توقف عند تلك البقعة، التي بدت منتفخة أكثر من اللازم، وملتصقة بالجدار المقابل له تمامًا من الحوض..
وتألقت عيناه في شدة..
لقد كان على حق..
نظريته كلها كانت صحيحة، على الرغم من غرابتها..
ومن خلفه، صرخت (إلهام) مرة أخرى:
- أهو الحارس يا (فريد)؟
استدار إليها، وأجاب بلهجة خالية من أية انفعالات:
- نعم.. هو يا (إلهام).
أطلقت صرخة ذعر، واختفت من النافذة، في حين بدا هو متوترًا منفعلًا، وهو يلتفت بسرعة إلى تلك البقعة المنتفخة، والتي بدت وكأنها تتموَّج في بطء، وتتقاطع تدريجيًا، لتنتحل مرة أخرى لون وهيئة جدار الحوض..
وراقب هو تلك الحركة في شغف عجيب، حتى شعر بـ (إلهام) خلفه، وهي تهتف:

- إنه أمر رهيب مخيف. الشرطة وحدها يمكنها أن..
استدار إليها في حركة سريعة للغاية، وأمسك ذراعيها في قوة، وهو يهتف في انفعال عجيب للغاية:
- لا.. لا يا (إلهام).. لا شأن للشرطة بما يحدث هنا.
حدَّقت في وجهه بدهشة بالغة، وشعرت لأوَّل مرة في حياتها بالخوف منه، وهي تقول:
- ماذا تقول يا (فريد)؟.. من إذن صاحب الشأن؟
قال في حدة:
- نحن وحدنا أصحاب الشأن.
تملَّصت من ذراعيه، وهي تهتف:
- كيف هذا؟.. أين الحارس.. ماذا أصابه؟
عدَّل منظاره في عصبية، وأجابها:
- لقد اختفى.. ربما أخافه شيء ما، أو هرب، أو...
قاطعته مرتجفة في هلع:
- بل مات يا (فريد).. لقي مصرعه.. أليس كذلك؟
بدا عليه التوتر، وهو يغمغم:
- لا يوجد دليل على هذا.
صاحت في وجهه، لأوَّل مرة منذ زواجهما:
- ولكنك تعرف أنه مات.. أنت تعلم شيئًا، وترفض إخباري به.. أليس كذلك؟.. أليس كذلك يا (فريد)؟
أمسك ذراعيها مرة أخرى، وتطلَّع إلى عينيها مباشرة، وهو يقول:
- اهدئي يا (إلهام).. اهدئي.. الأمر ليس بالخطورة التي تتصورينها.
تملّصت منه مرة أخرى، وتراجعت في عنف، هاتفة:
- أريد أن أغادر هذه الفيلا الملعونة.. أريد أن أعود إلى (الإسكندرية).

حاول أن يقترب منها، وهو يقول:
- كيف يا حبيبتي.. إنه حلم حياتنا.. أنسيت؟!.. الفيلا وحوض السباحة الخاص.. ألم نحلم بهما منذ زواجنا؟؟
صرخت:
- لم أعد أحلم بشيء.. أريد العودة إلى (الإسكندرية).. إلى شقتنا القديمة.
اقترب منها أكثر، واحتواها بين ذراعيه في حنان، وهو يقول:
- ولكن هنا حلمنا يا (إلهام).. هنا تحقَّق حلمك، وهنا سيتحقق حلمي.. صدقيني يا حبيبتي.. من هنا سأصبح عالمًا بيولوجيًا شهيرًا.. فقط اهدئي، ولا تقحمي الشرطة في حياتنا.
بكت في مرارة، وهي تقول:
- سبق السيف العذّل يا (فريد).. لقد أبلغت الشرطة بالفعل.
ولم تكد تتم عبارتها، حتى تناهى إلى مسامعه صوت بوق سيارة الشرطة، التي تقترب..
وتقترب..

☆☆☆

انحنى (مدحت) في بطء، يلتقط المسدس، الملقي في منتصف قاع الحوض، في حرص شديد، ثم ألقاه داخل كيس من النايلون، وتطلّع إليه في حيرة، قبل أن يهز رأسه، ويتسلّق سلم الحوض إلى الخارج، وسأل الدكتور (فريد):
- ما الذي حدث بالضبط؟
اختلس الدكتور (فريد) نظرة على جدار الحوض المقابل، قبل أن يجيب:

- ذهبت زوجتي للنوم، وقضـيت أنا بعض الوقت في حجرة مكتبي، لمطالعة بعض المراجع العلمية، ثم سمعنا صراخ الحارس، ودوى صوت رصاصات مسدس، فهرعت أنا إلى هنا على الفور، ورأيت المسدس ملقى في منتصف الحوض، ولا يوجد أي شيء آخر.

التفت (مدحت) إلى (إلهام)، وسألها:

- هل يمكنك إضافة أي شيء يا سيدتي؟

هزَّت رأسها نفيًا في البداية، ثم استدركت في سرعة:

- نعم.. هناك شيء بالغ الأهمية.

انعقد حاجبا (فريد) في توتر، قبل أن تضـيف هي في سرعة:

- لقد اشتعلت الأضواء كلها مرة أخرى بلا مبرَّر.

تراخى حاجبا الدكتور (فريد) في ارتياح، ولكن (مدحت) انتبه إلى هذا، دون أن يبدي اهتمامًا حقيقيًا، وقال:

- ومتى حدث هذا؟

أجابته (إلهام):

- بعد الصرخة الثانية مباشرة.

بدت علامات التفكير على وجه (مدحت) لحظات، قبل أن يقول:

- هذا يؤيد نظريتي إلى حد ما، فالشـخص الذي يسـعى لإفزاعكما يلجأ إلى تلك الحيلة؛ لجذب انتباهكما بعيدًا، حتى يتمكن من الفرار، أو يُخفي ما يفعله.

همَّت (إلهام) بالاعتراض، ولكن (فريد) قال في سرعة:

- بالطبع.. هذا تفسير منطقي تمامًا.

لم يرق لها أسـلوبه هذا، فعقدت حاجبيها، وأشـاحت بوجهها في حنق..

ولاحظ (مدحت) هذا أيضًا.

ولكنه - وللمرة الثانية - أخفى اهتمامه بالأمر، وقال في هدوء:
- حسن.. سنفحص المسدس، ونبحث عن ذلك الحارس، فربما دفعه الفزع إلى الفرار.
استدار لينصرف، عندما توقف بغتة، وتطلَّع إلى قاع حوض السباحة، قائلًا:
- ما هذا؟
هوى قلب الدكتور (فريد) بين قدميه، وهو يقول:
- ماذا.. ماذا هناك؟
أشار (مدحت) إلى القاع، قائلًا:
- هذا.. أليست هذه بعض بقع الدم؟
شعر الدكتور (فريد) بالارتياح، عندما أشار (مدحت) إلى نقطة أخرى، تبعد عن جدار حوض السباحة المقابل، ثم لم يلبث ارتياحه هذا أن تحوَّل إلى اهتمام شديد، وهو ينظر إلى البقع، التي يشير إليها (مدحت)، قبل أن يقول:
- أعتقد هذا.
ثم أسرع إلى السلم، وهبط إلى قاع حوض السباحة، وانحنى يفحص البقع في اهتمام بالغ، ولحق به (مدحت)، وهو يسأله:
- آهي بقع من الدم البشري؟
أجابه الدكتور (فريد)، في صوت يحمل نبرة عجيبة، أدهشت (مدحت):
- كلًا.. إنها ليست دماء بشرية.
كان صوته يحمل من البهجة أكثر مما يحمل من الهدوء، فتطلَّع إليه (مدحت) في حيرة، ثم مدَّ سبَّابته، يحاول لمس البقع، وهو يقول:
- ما هي إذن؟

أمسك الدكتور (فريد) يده بحركة سريعة عنيفة، جعلت (ملحت) يلتفت إليه في دهشة شديدة واستنكار غاضب، ولكن الدكتور (فريد) أسرع يخرج منديله، ويرسم على شفتيه ابتسامة، وهو يقول:

- لا داعي لتلويث يدك.

ومسح بمنديله بقعة كاملة من تلك البقع، وهو يقول:

- انظر.. إنه بعض الطلاء.

تطلَّع (مدحت) إلى البقعة، التي لوثت منديل الدكتور (فريد)، بلون أخضر فسفوري، ثم تلفَّت حوله في هدوء، وقال:

- عجبًا... لا يوجد حولنا شيء واحد، له هذا اللون، فمن أين أتى الطلاء؟

قال الدكتور (فريد)، وهو يعيد المنديل إلى جيبه، ويطويه في حرص:

- ربما هو إهمال من عمال البناء.

قال (مدحت) في هدوء:

- ربما.

ثم أخرج من جيبه كيسًا صغيرًا من النايلون، وهو يستطرد:

- الطبيب الشرعي وحده يمكنه حسم هذ الأمر.

بدا التوتر على وجه الدكتور (فريد)، عند ذكر الطبيب الشرعي، ولكنه كتم هذا في أعماقه، وقال وهو يراقب (مدحت)، الذي استخدم مديته لكشط البقع، ووضعها في الكيس:

- بالطبع.

حمل (مدحت) عينة البقع، وغادر الحوض الفارغ مع الدكتور (فريد)، وقال وهو يصافحه في هدوء:

- سنبذل قصارى جهدنا هذه المرة.. اطمئنا.
ولم يكد يغادر الفيلا، حتى هتفت (إلهام) في عصبية:
- لست أفهم أبدًا ما تفعله يا (فريد).
أشار إليها بالصمت، وهو يقول:
- اصمتي يا حبيبتي.. إنني أحمي فرصة العمر.
هتفت في حدة:
- أية فرصة عمر هذه؟!
تألقت عيناه في لهفة، وهو يقول:
- الكشف.. الكشف الذي سيقفز بي إلى القمة.
امتلأت نفسها بدهشة عارمة، وهي تتطلَّع إليه، قبل أن تقول في جزع:
- ماذا أصابك يا (فريد)؟!.. عن أي كشف تتحدَّث؟
برقت عيناه أكثر وأكثر، وهو يقول:
- سترين.
ثم اتجه إلى صندوق الإضاءة، وأضاء كل المصابيح، الموازية لقاع حوض السباحة، وأمسك يد (إلهام)، وقادها إلى حافة الحوض، ثم أشار إلى الجدار المقابل، قائلًا في انفعال شديد:
- ها هو ذا.
تطلَّعت إلى حيث يريد، ثم انعقد حاجباها في شدة، واتسعت عيناها عن آخرهما..
لقد رأته، لأوَّل مرة..
رأت ذلك الشيء.

☆☆☆

غادر (مدحت) فيلا الدكتور (فريد)، وهو أشد توترًا، مما كان وهو في طريقه إليها..
لقد لاحظ الكثير هذه المرة..

لاحظ أن الدكتور (فريد) وزوجته يخفيان أمرًا ما..
أمرًا مريبًا..
وراح عقله يلقي عليه عشرات الأسئلة..
ما الذي يخفيانه؟..!
ما السر الذي سبَّب توتر علاقتهما، بعد ما لمسه من تقاربهما وحبهما بالأمس فقط؟..!
ولماذا حاول الدكتور (فريد) منعه من لمس تلك البقع؟..!
لم يستطع إيجاد أجوبة شافية لتساؤلاته، وشعر بتوتر شديد في أعماقه، فقال لسائق سيارة الشرطة في حزم:
- اذهب بنا إلى منزل الدكتور (عزيز).
قال السائق في دهشة:
- الطبيب الشرعي؟!
أجابه (مدحت) في حدة:
- نعم.. الطبيب الشرعي.. هل نعرف طبيبًا آخر، يُعرف باسم الدكتور (عزيز)؟
أدرك السائق توتره، ولكنه قال في تردّد:
- إنها الثانية والربع صباحًا يا سيادة النقيب، و..
قاطعه (مدحت) في حدة:
- أطع الأوامر أيها الجندي.
اعتدل السائق في حركة سريعة، وقال:
- كما تأمر يا سيدي.
حاول (مدحت) أن يسترخى مرة أخرى في مقعده، إلا أنه عجز عن هذا تمامًا، وراح يفرك كفيه في عصبية، ثم لم يلبث أن قال في توتر:
- إنهما يخفيان شيئًا.
قال السائق في حيرة:
- ماذا يا سيّدى؟

أجابه (مدحت)، في خشونة لم يعتدها السائق منه قط:

- ليس هذا من شأنك.

لزم السـائق الصـمت تمامًا، حتى بلغ منزل الدكتور (عزيز)، فقفز (مدحت) من السيارة، وصـعد في درجات السلم عدوًا، حتى بلغ شقة الدكتور (عزيز)، وضغط زر الجرس طويلًا، ثم وقف ينقل قدميه في توتر، حتى سـمع صـوت زوجة الطبيب الشـرعي من الداخل، وهي تقول في خوف وقلق:

- من الطارق؟

أجابها بسرعة:

- اطمئني يا سـيدتي.. أنا النقيب (مدحت).. أريد الدكتور (عزيز) لأمر هام.

مضـت لحظات من الصـمت، ثم فتح الدكتور (عزيز) الباب، وهو يرتدي معطفه المنزلي، وقال في حدة:

- (مدحت).. هل تعرف كم الساعة الآن؟!

أجابه (مدحت):

- نعم.. أعرف كم السـاعة الآن، ولكن الأمر الذي أتيت من أجله عاجل وهام.

قال الدكتور (عزيز) في عصبية:

- لا توجد قضية عاجلة إلى هذا الحد.

قال (مدحت)، وهو يميل نحوه قليلًا:

- إنها ليسـت قضـية، ولكنه ذلك الكشـف، الذي تتوقع أن يسـجّل اسمك في مراجع الطب الشرعي.. لقد عثرت على المادة العجيبة.

بدا الاهتمام على وجه الدكتور (عزيز)، وهو يهتف:

- حقًا؟!

ثم تراجع بسـرعة، ليفسـح الطريق أمام (مدحت)، وهو يستطرد في لهفة:

- تفضَّل يا (مدحت).. تفضَّل حتى أرتدي ثيابي، ونذهب معًا إلى معملي.

ابتسم (مدحت) في ارتياح، واعتدل وهو يقول:

- ارتد ثيابك على مهل يا دكتور (عزيز)، وسأنتظرك في سيارة الشرطة أمام البناية.

وعندما هبط في درجات السلم، كان يشعر أنه يقترب من الحقيقة إلى حد مـا، وكـان من الواضـح أن الدكتور (عزيز) أشـدّ لهفة منه لمعرفة الحقيقة، فقد لحق به بعد دقائق معدودة، وجلس إلى جواره في سـيارة الشـرطة، التي انطلقت مبـاشـرة إلى معامل الطب الشـرعي، والدكتور (عزيز) يسأله في لهفة:

- أين هي؟!.. أين تلك المادة؟!

التقط (مدحت) الكيس الصغير من جيبه في حرص، وهو يقول:

- ها هي ذي.

ولكنه لم يكد يخرج الكيس من جيبه، حتى اتسـعت عيون الجميع في ذهول..

(مدحت)، والدكتور (عزيز).. وحتى السائق..

لقد كانت الظاهرة التي أمامهم مذهلة..

مذهلة بحق.

# المستقبل المجهول

تراجعت (إلهام) في ذعر وفزع، وهي تحدّق في ذلك الشيء، الذي التصــق بجدار حوض السـباحة، وراح ينبض في بطء، وقد بدا أشـبه بقبة رأسـية، لها انبعاج واضــح، على الرغم من أنها تتخذ نفس لون وهيئة جدار الحوض..

وهتفت (إلهام)

- ما هذا؟.. ما هذا الشيء؟

أجابها (فريد) في انفعال، وهو يحتضنها في قوة:

- هذا الشيء هو مستقبلنا يا (إلهام).. الكشف الذي سيقفز باسـمي إلى القمة.. الكائن الذي لم يتوصَّل إليه عالم من قبل.

ارتجفت وهي تسأله:

- ومن أين أتى؟!

هزَّ رأسه في بطء، قائلًا:

- لســت أدري.. ولكنـه معجزة في عــالم الأحيـاء البيولوجيـة.. إنـه كمـا ترين، كـائن حي، يمتلك قدرة مدهشـة، على التشـكل في هيئة أي جسـم يلتصق به، ويمكنه أن يطلق طاقة هائلة عند اللزوم، تكفي لإضـاءة أنوار الفيلا كلهـا، دون تيار كهربي، عندمـا ينفعل، أو يتناول طعامه.

انتفض جسمها في هلع، وحدَّقت في ذلك الشيء في ذعر، وهي تقول:

- إذن فهذا هو..

ارتجفت الكلمـات على شـفتيهـا، فعجزت عن إتمـام عبارتها، في حين هتف هو في حماس:

- هذا هو فألنا الحسن.. نجاحنا يا (إلهام).

هتفت مستنكرة:
- نجاحنا؟!
ثم دفعته عنها، مستطردة في حدة وعصبية:
- أي نجاح وأي فأل حسن يا (فريد).. هذا الشيء قاتل.. قاتل وآكل للحوم البشر، ولابد من تدميره.
أجابها محاولًا تهدئتها:
- وكذلك الأسود والنمور والتماسيح يا حبيبتي.. كلها قاتلة، وآكلة للحوم البشر.. ولكن أحدًا لم يطالب بإعدامها وتدميرها.. إنه مجرَّد كائن جديد يا (إلهام).. كائن أتى من مكان مجهول.. ربما من الفضاء، أو من عماق الأرض، ولكنه كائن جديد، وفرصة نادرة لدراسته ومراقبته، ثم إعلان وجوده، وتحقيق ذروة النجاح، وقمة الشهرة.. إنه أول كائن حي، لا ينتمي إلى أية فصيلة معروفة يا (إلهام).. ألا تدركين عظمة هذا الكشف؟
بكت وهي تقول:
- كل ما أدركه هو أن هذا الشيء التهم شابًا بريئًا بلا ذنب جناه.
احتواها بين ذراعيه، وهو يقول:
- هذا الشاب كان يمكن أن يلقي مصرعه بأية وسيلة أخرى.. بحادث سيارة مثلًا.. وهذه ليست مسئوليتنا.. إننا لم نكن نملك إنقاذه أو حمايته.. وكل ما لدينا الآن هو أن نجيد استغلال الفرصة، وتحقّق كسبًا ضخمًا من هذا الكشف العظيم.
استكانت بين ذراعيه، وراحت تبكي في مرارة، وهو يربت عليها، مغمغمًا:
- هذا أفضل ما نفعله يا حبيبتي.. سندفع تعويضًا كبيرًا لأسرة الشاب، وسنحتفظ بسرنا هذا لشهر واحد.. شهر

أراقبه خلاله ليلًا ونهارًا، وأكتب تقريرًا وافيًا عن خصاله، وتكوينه الظاهري، وأسلوب تعايشه مع البيئة، ثم أقدّمه للعالم كله، وأحقق الشهرة، التي أحلم بها منذ زمن طويل.. أعدك بأن كل شيء سيسير على ما يرام يا (إلهام).. صدقيني.. إنها فرصة عمرنا.

ذابت دموعها مع كلماتها، وهي تقول:

- ولكن هذا الشيء خطير للغاية يا (فريد).

ربَّت على شعرها، وهو يقول:

- خطير عندما نجهل وجوده يا حبيبتي.. أما عندما نعرفه، فسنراقبه، ونحكم تصرفاته وأسلوبه.

رفعت عينيها الدامعتين إليه، وقالت:

- وكيف ستطعمه؟!

عقد حاجبيه في شدة، وانتبه إلى أنه لم يفكر في هذه النقطة قط، إلا أنه لم يلبث أن أجاب في حزم:

- إنه يتناول اللحم النيىء.. ومن السهل أن تبتاع له كمية منه يوميًا.

ثم أراح رأسها على كتفه مرة أخرى، وبرقت عيناه في ظفر، وهو يتطلّع إلى ذلك الشيء، الذي واصل نبضاته في هدوء، وكرَّر:

- صدقيني يا (إلهام).. سيسير كل شيء على ما يرام.. على خير ما يرام.

☆☆☆

لم يكد (مدحت) يخرج الكيس الصغير من جيبه، حتى تفجَّر الذهول في عيون الجميع، أمام ظاهرة عجيبة مدهشة..

لقد تألقت تلك المادة داخل الكيس، وأضاءت كمصباح أخضر قوي، فأطلق الدكتور (عزيز) شهقة قوية، في حين ألقى (مدحت) الكيس جانبه بحركة غريزية، وضغط السائق فرامل السيارة بكل قوته، وهو يهتف:

- لا إله إلا الله.. لا إله إلا الله.

توقفت السيارة على نحو مباغت، فاندفع (مدحت) والدكتور (عزيز) إلى الأمام في عنف، وسقط الكيس بالمادة أرضًا، فهتف الدكتور (عزيز) في جزع:

- احترس يا رجل.

ارتجف صوت السائق، وهو يقول في ارتباك:

- معذرة يا دكتور (عزيز).. لم أكن أقصد هذا، ولكن.. قاطعه (مدحت):

- لا بأس.. لا بأس.. نحن نفهم موقفك.. هيا.. أكمل طريقك إلى معمل الطب الشرعي.

عاد السائق يقود السيارة في توتر، وهو يختلس النظر إلى المرآة الداخلية، بين لحظة وأخرى، في حين التقط الدكتور (عزيز) الكيس في حذر، وهو يقول مبهورًا:

- يا لها من مادة؟.. كيف تتألق على هذا النحو؟

هزَّ (مدحت) رأسه، وقال في مزيج من الدهشة والحيرة:

- لست أدري.. إنها لم تكن تتألق، عندما كشطتها من أرضية حوض السباحة.

ردَّد الدكتور (عزيز):

- كشطتها؟!.. أراهن أنه توجد قصة رهيبة، وراء هذه المادة.

قالها (مدحت)، وهو يتطلَّع إلى المادة:

- بالطبع.

ثم راح يروي القصة كلها للطبيب الشرعي، الذي استمع إليه في قال (مدحت) في اهتمام بالغ، والانفعال يتبدَّل على ملامحه في سرعة، حتى انتهى (مدحت) من روايته، فقال الدكتور (عزيز) في حماس :

- ربَّاه!.. وكأنني أستمع إلى رواية من روايات الخيال العلمي.

عقد (مدحت) حاجبيه، ومطَّ شفتيه، وهو يقول:

- لا داعي لهذا السخف يا دكتور (عزيز).. إنني لم أشعر يومًا بأدنى اهتمام، أمام تلك النوعية من الروايات الهزلية، التي تعتمد على المبالغات، التي يكسونها بثوب علمي سخيف.

ابتسم الدكتور (عزيز)، وقال:

- أنت حر في رأيك يا (مدحت)، ولكنني عكسك.. أميل كثيرًا إلى روايات الخيال العلمي، وأعتبرها أهم خطوة، في طريق التنبؤ العلمي، ومستقبل البشر.

بدت ابتسامة ساخرة على شفتي (مدحت)، لم تلبث أن تلاشت في سرعة، وهو يقول في جدية:

- حسن.. كل منا حر في رأيه، ولكننا الآن لسنا أمام رواية من روايات الخيال العلمي، بل أمام حقيقة واقعة، تبحث عن تفسير علمي ومنطقي .

ابتسم الدكتور (عزيز)، وتطلَّع إلى الكيس في يده، وهو يقول:

- كثيرًا ما يكون التفسير العلمي أشبه بالخيال .

قال (مدحت) في اهتمام:

- المهم أن يكون تفسيرًا صحيحًا.

اعتدل الدكتور (عزيز) فجأة، وبدا شديد الاهتمام بالكيس الصغير، فسأله (مدحت) في قلق:

- ماذا هناك؟
أجابه الدكتور (عزيز):
- البريق الأخضر يخف تدريجيًا، ولست أدري لماذا؟
قبل أن يجيبه (مدحت) بأي تعليق، توقفت السيارة، وقال السائق في صوت مضطرب..
- لقد وصلنا.
أبدل (مدحت) العبارة في أعماقه، وقال:
- شكرًا لك.. هيا بنا يا دكتور (عزيز).. سنكمل حديثنا في الداخل، ونحن نفحص هذه المادة العجيبة.
غادرا السيارة والسائق يتابعهما في قلق، ويزدرد لعابه في صعوبة، ثم لم يلبث أن تنهد في ارتياح، عندما أغلقا الباب خلفهما، وهو يبسمل ويحوقل في أعماقه، ويشكر الله (سبحانه وتعالى)، على نجاته من ذلك الشيطان المتألق داخل الكيس الصغير..
أما الدكتور (عزيز)، فلم يكد يدلف إلى معمله، حتى هرع إلى مجهره، وفتح الكيس الصغير في عناية، وهو يقول:
- لقد فقدت تألقها تمامًا.
سأله (مدحت) في قلق:
- المهم هل يمكن فحصها؟
أجابه وهو يلتقط بعض المادة بقضيب زجاجي رفيع، ويفردها فوق شريحة من شرائح المجهر بعناية:
- بالتأكيد.. أي شيء يمكن فحصه.
أضاف إلى الشريحة قطرتين من محلول ملحي خفيف، ثم وضعها تحت عدسة المجهر، وهو يستطرد في لهفة:
- ما الذي تتوقعه من تلك المادة؟
هزَّ (مدحت) كتفيه، وقال:
- إنها ليست مجَّرد طلاء، على أية حال.

الصق الدكتور (عزيز) عينه بالعدسة في اهتمام، وراح يراقب تلك المادة، ثم لم يلبث أن هتف في انفعال جارف:

- مستحيل!

قفز (مدحت) من مقعده، يسأله في توتر ولهفة:

- هل وجدت شيئًا؟

رفع الدكتور (عزيز) عينيه إليه، وبدا شديد الانفعال، وهو يقول:

- بل وجدت قنبلة.. قنبلة علمية على كل المستويات.

واختلج قلب (مدحت) بين ضلوعه..

اختلج في عنف..

☆☆☆

"مستحيل!..." .

هتفت (إلهام) بالكلمة في ذهول، وهي تلصق عينيها بعدسة مجهر زوجها، وتتطلَّع إلى تلك المادة العجيبة، فقال (فريد) في حماس، والفرحة تتقافز مع كلماته ونظراته:

- ألم أقل لك إنه أكبر كشوف العصر؟!.. إنني لم أكن أحلم بهذا.. لقد تصوَّرت في البداية أنها مجرَّد فضلات، أو نواتج إخراج طبيعية من ذلك الكائن، ولكنها كانت أعظم بكثير.. إنها مادة حيوية، تموج بالحركة والنشاط.. نهر من الخلايا الحية، لم أر مثله من قبل.

رفعت (إلهام) عينيها عن المجهر، وهي تقول مبهورة:

- إنها سائل الحياة، بالنسبة لذلك الشيء.. الدم الذي يجري في عروقه.. لو كانت له عروق.

قفز (فريد) إلى المجهر، وهو يقول:

- بل هي أكثر من هذا بكثير.. إنها تحوي خمسة أشكال مختلفة من الخلايا على الأقل، ومن المحتَّم أن لكل منها وظيفة خاصة، تختلف عن وظائف الخلايا الأخرى.. هل لاحظت هذه الخلايا الكروية.. إنها - على الأرجح - بديل كرات الدم الحمراء لدينا، ولكنها خضراء اللون.. أما تلك الكتل المكعبة، فحركتها تشير إلى أنها أجهزة الدفاع للجسم، تمامًا مثل كرات الدم البيضاء لدينا.. أما الأشكال العصوية، والمفلطحة، وغير المنتظمة، فلست أدري وظيفتها بالضبط.

ثم رفع عينه، مستطردًا في حماس:

- ولكننا سنتوصل إلى هذا، بالبحث والدراسة.

وفرك كفيه في سعادة، وهو يضيف:

- ستكون قنبلة يا (إلهام).. قنبلة علمية.

راقبته في قلق، وتراجعت لتجلس على مقعد قريب، وهي تقول:

- (فريد).. إنني أشعر بالقلق.. بل بالذعر.

توقف، والتفت إليها، قائلًا في قلق حقيقي:

- لماذا يا حبيبتي؟

أجابته بصوت أقرب إلى البكاء:

- أشعر وكأننا نرتكب جريمة.

هتف في استنكار:

- جريمة؟!.. أي قول هذا يا (إلهام)؟!.. إننا علماء، ولسنا رجال عصابات.

ترقرقت الدموع في عينيها، وهي تقول:

- ولكننا نخفي جريمة.

اقترب منها، ووضع يده على كتفها في حنان، وهو يقول:

- جريمة؟!.. يا له من مصطلح مخيف!... ما حدث ليس جريمة يا حبيبتي، ولا يمكن أبدًا تسميته بهذه الصفة.. سلي أي محام كبير، وسيؤكد لك أن ما حدث هو مجرَّد حادث عادي.. إلا لو وجهنا إلى النمر تهمة القتل العمد، إذا ما التهم بشريًا.

بكت بالفعل، وهي تقول:

- ولكن هذا الشيء، الذي نحتفظ به في حوض السباحة، ليس نمرًا.. إنه وحش مفترس.. أنت نفسك وصفته بهذا، عندما رأيته في الأعماق، وكدت تغرق بسببه.

انعقد حاجباه فجأة، وهو يقول:

- هذا صحيح.. كيف لم أنتبه إلى ذلك الأمر.

سألته في دهشة:

- أي أمر؟!

بدا شديد الحماس والانفعال، وهو يقول:

- لقد كان بإمكان ذلك الكائن أن يلتهمني في الأعماق.. بل ويلتهمنا معًا.. فلماذا لم يفعل؟

أحنقها خروجه عن الموضوع بهذه الطريقة، فقالت في عصبية:

- (فريد).. ماذا دهاك؟!.. إننا نتحدث عن خطورة هذا الشيء.

رفع سبَّابته أمام وجهه، وهو يقول:

- وأنا لم أبتعد كثيرًا عن هذه النقطة يا عزيزتي.. لقد هاجم ذلك الكائن الحارس، والتهمه، على الرغم من صراخه، ومن إطلاقه النار عليه، كما التهم وبلا رحمة لصًا حاول سرقة الفيلا، وأثار رعب زميله بشدة، ودون أن يبالي بالفريسة وموقفها في الحالتين، فلماذا لم

يهاجمتى أنا أو يلتهمنى، على الرغم من أنني كنت قيد متر واحد منه؟!

وجدت نفسها تبحث النقطة ذاتها، ثم تقول في حيرة:

- ربما لأنني كنت هناك.

قال في اهتمام:

- اللص أيضًا كان له زميل.

أجابت في سرعة:

- ولكن هذا الزميل لم يسقط في الماء، ولم يره ذلك الشيء.

هتف (فريد) في حماس:

- بالضبط..!

ثم لم يلبث أن عقد حاجبيه، مستطردًا:

- ولكن لا.. هذا لا يبدو منطقيًا تمامًا.. لماذا خاف في البداية؟.. هناك تفسير آخر حتما!

قالت في اهتمام، أنساها خوفها وتوترها:

- أنت قلتها.. خاف في البداية.. إنه لم يكن يدرك قوة خصومه وطبيعتهم بعد؛ لذا فقد تراجع لدى رؤيتي، ولكنه انتبه بعدها إلى أننا أضعف مما كان يتصور كثيرًا.. وربما أدرك هذا من خلال ما أصابك داخل الحوض.. عندما فقدت وعيك..

صفق (فريد) بكفيه في جذل، وهتف:

- بالضبط.. هذا صحيح مائة في المائة.. أنت عبقرية يا حبيبتي.

وانحنى يطبع قبلة على وجنتها، ثم استطرد في حماس:

- هيا.. هيا لنلقي نظرة على كائننا الجديد.

اضطربت وهو يدعوها إلى هذا، إلا أنها لم تشأ إفساد فرحته وسعادته، فتحاملت على نفسها، ونهضت تصحبه

إلى هناك، ولكنها لم تكد تتجاوز الباب الزجاجي الكبير لحجرة المعيشـــة، حتى تثاقلت قدماها، وعجزت عن المضـــي، فجذبها (فريد) في رفق، وهو يقول بابتسامة مشجعة:

- ليس هناك ما يخيف.. صدقيني.. لقد زال الخطر؛ لأننا ندرك طبيعة ما نواجهه.. صدقيني يا حبيبتي.

شـجعتها كلماته بعض الشـيء، ولكنها بذلت جهدًا شـديدًا لتتبعه وراح قلبها يخفق في قوة، كلما اقترـبا من حوض السباحة، ثم لم تلبث أن توقفت، وقالت في توتر:

- لا.. لست أستطيع.

أحاطها (فريد) بذراعيه في حنان، وهو يقول:

- لا تسـمحي للأمر بأن يتحول إلى عقدة نفسـية.. هيا.. قاومي هذا الخوف المبهم في أعماقك، وواجهي مخاوفك، كمـا يقول العلم، وسـتجدين أنها لا تعني أكثر من وهم كبير.

اسـتخدمت كل إرادتها، ودفعت قدميها إلى الأمام دفعًا، حتى بلغا حافة الحوض، فعقد الدكتور (فريد) حاجبيه، وهو يقول، وقد انتقل توترها إليه:

- أين ذهب ذلك الكائن؟

انتفض جسدها في هلع، وهي تقول:

- هل.. هل غادر الحوض؟

التصقت به في رعب، وأخذ هو يتلفت حوله في توتر، ثم هتف فجأة:

- ها هو ذا.

وثبت من مكانها مذعورة، عندما أضاف:

- إنه أسفلنا تمامًا.

نظرت تحت قدميها في هلع، فضحك (فريد) في عصبية، وقال:

- ليس هذا ما أقصده.. إنه ملتصق بالجدار أسفلنا فحسب.

انتقل معها إلى الجانب الآخر من الحوض، وتطلَّعا معًا إلى ذلك الشيء، الذي التصق بجدار حوض السباحة، الملاصق للقاع، وبدا أشبه بقبة كبيرة، فغمغمت (إلهام) في خوف واضح:

- يبدو أنه سيتسلّق الجدار.

هزَّ (فريد) رأسه نفيًا، وقال :

- لا أعتقد هذا.. إنه ينتقل من مكان إلى آخر فحسب.

سألته :

- ولماذا يبدو منتفخًا واضحًا هذه المرة؟

قال في حيرة:

- لست أدري.. إنه لم يتخلّ عن حذره بالتأكيد.. ربما وصلنا نحن في لحظة ذات معنى خاص، أو...

قبل أن يتمّ عبارته، انتفض الكائن في قوة، فصرخت (إلهام):

- ما هذا؟.. هل سيهاجمنا؟

أجابها (فريد) في انفعال:

- كلَّا.. ولكن حدسي صدق.. لقد وصلنا في لحظة خاصة.

اتسعت عيناها، وهي تراقب ذلك الشيء في ذعر، وهو ينتفض مرة ثانية، وثالثة، ورابعة..

ثم فجأة، توقف تمامًا، و..

ومع الخطوة التالية، أفرغت (إلهام) كل انفعالاتها في صرخة..

صرخة هائلة..

لقد كان ما حدث بشعًا.

بشعًا للغاية.

☆ ☆ ☆

# الكيان الغامض

فرك الدكتور (عزيز) عينيه، في الخامسة والنصف صباحًا، وتثاءب في قوة، ثم سأل (مدحت):

- هل تشعر بالإرهاق؟

و أجابه (مدحت):

- للغاية.. ولكنني أنتظر نتائج تحليل تلك المادة بفارغ الصبر.

أومأ الدكتور (عزيز) برأسه متفهمًا، وقال:

- لن تفوقتي لهفة واهتمامًا.

فرك عينيه مرة أخرى، ثم نهض قائلًا:

- ما رأيك في قدح من الشاي؟

ترك (مدحت) جفنية يتهاويان، وهو يتمتم:

- فكرة رائعة، ولكنني لست أرى وعاء الشاي هنا.

ابتسم الدكتور (عزيز)، وهو يقول:

- سنبتكر واحدًا.

التقط قارورة كبيرة، وملأها بالماء، ثم وضعها فوق موقد المعمل، ولمحه (مدحت)، من بين جفنيه نصف المغلقين، فابتسم مغمغمًا:

- فكرة طريفة.. ولكن أأنت واثق من أنه معقم؟

ضحك الدكتور (عزيز)، وقال:

- لا يمكنني الجزم بهذا.

هزَّ (مدحت) كتفيه، وعاد يسبل جفنيه، قائلًا:

- المهم أن نتناول الشاي، حتى ولوأخذت ماءه من مستنقع.

عاد الدكتور (عزيز) يجلس خلف مجهرة، وهو يقول:

- إنه أنظف من المستنقع بالتأكيد.

ألصق عينيه بعدسة المجهر العينية، وراح يتابع حركة الخلايا النشطة، في عينة المادة، ويُسجل ملاحظاته، في حين أسلم (مدحت) نفسه لنسائم النوم، التي داعبته في رفق..

وفجأة، انتبه الدكتور (عزيز) إلى ذلك البريق الأخضر، الذي بدأ يعود إلى عينة المادة، داخل الكيس الصغير، فرفع عينية من المجهر، وهتف:

- انظر يا (مدحت).
هبَّ (مدحت) من مقعده كالملدوغ، وحدَّق في المادة في دهشة، قبل أن يهتف في مزيج من اللهفة والتوتر:
- هل فعلتها مرة ثانية؟
صاح الدكتور (عزيز):
- فهمت.. لقد أشعلت الموقد إلى جوارها.. إنها الحرارة، التي تدفعها إلى التألق هكذا.. نفس ما حدث، عندما وضعتها في جيبك، واكتسبت حرارة جسدك، التي تزايدت مع توترك وقلقك؛ بفضل الديناميكية الفائقة للدم، في مثل هذه الظروف.
راحا يراقبان المادة، التي تزداد تألقًا في كل لحظة، ثم قال الدكتور (عزيز) مبهورًا:
- هل يتزايد حجمها بالفعل، أم أنني واهم؟
قال (مدحت) في انفعال:
- بل يتزايد حجمها، وبسرعة كبيرة.. انظر إلى الكيس.. إنه يكاد يتمزَّق مع تضخّمها المستمر.
التقط الدكتور (عزيز) قلمه في سرعة، وراح يكتب في أوراقه، وهو يردّد ما يكتبه في صوت مسموعة:
- للحرارة تأثير إيجابي واضح، على عينة المادة.. إنها تجعلها تتألق، وتدفعها إلى النمو على نحو عجيب، و ربما...
قاطعه صوت تمزّق الكيس، فأدار عينيه إليه في دهشة، ثم اتسعت عيناه في شدة، وهو يهتف بأنفاس مبهورة:
- ربَّاه!.. يا للبشاعة!
تراجع (مدحت) أيضًا في دهشة وخوف، أمام ما حدث، فقد تضاعفت سرعة نمو المادة مرات ومرات، وراح حجمها يتضخَّم بسرعة مذهلة.
كانت تتحوَّل إلى نسخة طبق الأصل من الشيء الذي أتت منه..
وصاح الدكتور (عزيز):
- هذا مستحيل!.. مستحيل!
أما (مدحت)، فقد وثب نحو الموقد، ليغلقه بحركة سريعة، ولكن ذلك الشيء استدار نحوه بحركة حادة، ثم برز منه جزء أشبه بذراع، لطمت (مدحت) بكل قوتها، وألقته بعيدًا، وسط أنابيب

الاختبار التي تحطمت بدوي كبير، وامتزجت محتوياتها أرضًا،
وتصاعدت منها أدخنة كثيفة، فهتف الدكتور (عزيز):
- اهرب يا (مدحت).. غادر المكان قبل أن تشتعل تلك المواد.
ولكن (مدحت) اندفع مرة أخرى متفاديًا ذلك الشـــيء، وحاول
إغلاق الموقد للمرة الثانية إلا أنه تلقى لطمة أشد قوة، ألقته وسط
مزيج من السـوائل، فشـعر بآلام في ظهرة وتصـاعدت إلى أنفه
رائحة نقاذة قوية، جعلته يسعل في شدة..
ومع سعاله، أغمض عينيه..
ثم فتحهما..
واتسعت العينان عن آخرهما..
لقد كان ذلك الشيء يهاجمه...
وبكل شراسة..

☆ ☆ ☆

انتفضــت (إلهام) في فراشـــها، وانهمرت الدموع من عينيها
غزيرة، على الرغم من محاولتها المسـتميتة للنوم، والتي باءت
بالفشـل التام، حتى أنها نهضـت جالسـة، على طرف الفراش،
وهي تلهث في شدة، من فرط التوتر والانفعال.
لم يمكنها أبدًا أن تنسـى ذلك المشـهد، الذي رأته في حوض
السباحة..
مشهد ذلك الشيء، وهو يلفظ ما تبقى من طعامه ..
الهيكل العظمي للحارس المسكين..
كان مشهدًا بشعًا بحق.
الجمجمة والعظام وثبت من داخله، وارتطمت بالقاع، وتدحرجت
فوقه، وهي تمتزج ببعضها البعض، وتتخبّط في الجدار..
وراحت هي تصرخ وتصرخ، حتى وضع (فريد) يده على فمها،
ورجاها أن تسكت..
وعندئذ أنهارت..
انهارت تمامًا..

لقد ظلَّت تبكي وتنتحب، حتى حملها (فريد) إلى فراشـها، وأرقدها فوقه في حنان، ورقد إلى جوارها، يمسـح شـعرها في رفق..

وعندما هدأت دموعها، تصـور أنها اسـتغرقت في النوم، فنهض في حذر، وأسـدل الغطاء على جسدها الرقيق، ثم غادر الحجرة على أطراف أصابعه..

ولم تدر لماذا لم تطلب منه البقاء!

ربما لأنها كانت تحتاج إلى بعض الوقت مع نفسها.. ربما.

نهضت من فراشها، واتجهت إلى النافذة، لتستنشق بعض الهواء النقي، ولكنها لم تكد تفتح مصـراعي النافذة، حتى أنتابها خوف عجيب، وراحت تبحث بعينيها عن (فريد) في لهفة، قبل أن تغمغم في توتر بالغ:

- لا.. ليس (فريد)..

ارتدت معطفهـا المنزلي، وانطلقت تعدو خـارج الفيلا، نحو حوض السـباحة، وقد هزمت لهفتها على زوجها خوفها من تلك الشي الرهيب..

ثم توقفت بغتة..

توقفت، وسرت في جسدها قشعريرة قوية، عندما وقع بصرها على (فريد)..

كان واقفًا في الحديقة، خلف الأشـجار القصـيرة، وبيده جاروف كبير.

وفي خطوات متعثرة متوترة، اتجهت إليه، وتفادت المرور إلى جوار الحوض، حتى بلغته، فالتفت إليها في توتر، وحاول أن يعدّل منظارة الطبي، إلا أن يديه كانتا متسـختين، فاكتفى بدفعه بطرف سبابته في حذر، و(إلهام) تسأله:

- ماذا تفعل هنا؟

القي الجاروف خلف ظهره، وحاول أن يبتسم، وهو يقول:

- أهلا يا (إلهام):. هل حظيت ببعض النوم؟

سألته مرة أخرى، في لهجة حملت الكثير من الحزم هذه المرة:

- ماذا تفعل يا (فريد)؟

اضطرب وهو يغمغم :
- كان من الضروري أن أتخلَّص من هذه الأشياء.
سألته من جزع:
- أية أشياء؟
ازدرد لعابه في توتر، وقال:
- أعني العظام.. بقايا العظام.
اتسعت عيناها في ذعر، وهتفت:
- هل دفنت العظام؟!.. هل دفنت بقايا الحارس المسكين؟
قال في ارتباك:
- لم يكن من الممكن أبدًا أن أترك تلك العظام هناك.. كانت ستثير التساؤلات والقلق، لو جاء ذلك الضابط، أو...
صرخت بكل عصبيتها:
- أهذا كل ما يقلقك؟.. أن يفسد الضابط عملك.
ارتبك أكثر، وكاد منظاره يسقط عن أنفه، وهو يقول:
- بالطبع يا (إلهام).. ألم نناقش هذا الأمر من قبل؟
توترت أعصابها، وارتبكت، ولم تعد تدري ماذا تفعل، أو كيف تفكر، فانفجرت باكية بغتة، وصاحت في لهجة أقرب إلى الانهيار:
- ألن ينتهي هذا الأمر؟!.. ألن ينتهي أبدًا؟!
تطلَّع إليها في إشفاق وحنان، ثم اتجه إليها في خطوات متردّدة، واحتواها بين ذراعيه، وهو يبذل قصارى جهده، حتى لا يلوث معطفها المنزلي بكفيه، وقال في حنان واضح:
- من الواضح أنك لا تحتملين الموقف.
بكت على صدره، وهي تقول:
- لم أستطع يا (فريد).. صدقني.. لقد حاولت، ولكن الأمر يفوق احتمالي.
تمتم مشفقًا:
- أنا أقدّر هذا.
كان حنونًا متفهمًا، حتى أنها شعرت بالارتياح، وهي تسند رأسها على صدره، فقالت في لهفة أقرب إلى التوسل والضراعة:

- تخلّ عن هذا الأمر يا (فريد).. دعنا نعد إلى (الإسكندرية)، وننسى كل شي.
كانت تتوقع منه تجاوبًا، إلا أنها فوجئت به يقول في حزم:
- مستحيل!
أبعدت رأسها عن صدره في حدة، وهتفت:
- لماذا يا (فريد)؟!.. انني أكاد أموت رعبًا وقلقًا هنا.
قال في توسل، وهو يمسك ذراعيها مرة أخرى:
- أرجوك يا (إلهام).. أرجوك.. إنها فرصة نادرة، لا يمكن تعويضها.. فرصة فريدة ووحيدة، لتحقيق حلم حياتي كلها.. أريد أن أتشبَّث بها، لأنه من المستحيل الحصول على مثلها مرة أخرى.. إننا لم نفعل شيئًا، ولم ترتكب أي جرم.. لقد خاطرت بالهبوط إلى الحوض، وجمع تلك العظام، لأنني أؤمن بأنه من الضروري أن تدفن بقايا الفتى المسكين.. إننا لم نقتله.. لم نكن ندرك حتى أن هذا سيحدث له.. وسنبذل قصارى جهدنا، لمنع حدوث هذا مرة أخرى، لأي كائن كان.. أرجوك يا (إلهام).. اتوسل إليك.. لقد بذلت كل ما بوسعى لتحقيق حلمك، فلا تتخلّي عن حلمي.. أرجوك.
ارتجفت شفتاها، وهي تستمع إليه، وانهمرت الدموع من عينيها غزيرة، وعادت تلقي رأسها على صدره، وهي تقول:
- لا يمكنني الوقوف ضد حلم حياتك يا (فريد)، ولكن صدقني.. لم يعد باستطاعتي الاحتمال.. لقد حاولت، وفشلت.. أقسم لك.
أومأ برأسه متفهمًا، وقال:
- أعلم هذا يا حبيبتي.. الموقف يفوق احتمالك بالفعل.. ولكنني وجدت الحل.
رفعت رأسها عن صدره، وهتفت:
- حقًا يا (فريد)؟
طبع قبلة على جبينها، وهو يتمتم في إخلاص:
- حقًا يا حبيبتي.
ثم عاد يضمها إلى صدره، مستطردًا في حزم:
- ستعودين إلى (الإسكندرية).
انتفضت بين ذراعيه، وهتفت:

- مستحيل!!.. مستحيل يا (فريد)! لن أتركك وحدك هنا.
قال وهو يعيدها إليه في حنان.
- هذا هو الحل الوحيد يا حبيبتي.
وبطرف عينه، ألقي نظرة على حوض السباحة، ثم ضمّها إليه في شدة، وأضاف هامسًا في أذنها مباشرة:
- صدقيني.. إنه الحل الوحيد.

☆☆☆

لم يشعر النقيب (مدحت)، في حياته كلها، بالرعب والذهول، مثلما شعر بهما في هذه اللحظة، وذلك الشيء الهلامي البشع ينقّض عليه، وسط سحابة كثيفة من الدخان، ولكنه وثب من مكانه بغتة، وتفادي تلك الانقضاضة، وابتعد إلى ركن الحجرة الآخر، والدكتور (عزيز) يهتف به:
- الموقد.. الموقد يا (مدحت).
وفي نفس اللحظة فتح سائق سيارة الشرطة باب المعمل، وهو يهتف:
- ماذا حدث؟.. لقد سمعت جلبة في...
قبل أن يتمّ عبارته، اتسعت عيناه في رعب هائل، وهو يحدَق في ذلك الشيء، الذي اتخذ شكل سحب الدخان، واستدار إليه..
ولكن الدكتور (عزيز) وثب إلى الأمام، ودفع الجندي جانبًا، ثم ضرب الموقد الصغير بيده في قوة..
وارتطم الموقد بذلك الشيء..
واندلعت النيران..
لقد اشتعل ذلك الشيء القادم من الفضاء، كما لو كان قطعة من القطن، مبلَلة بوقود طائرات سريع الاشتعال..
والتصق (مدحت) بالجدار في رعب، وأسرع السائق يعدو هاربًا، وهو يطلق صرخات رعب عجيبة، في حين وقف الدكتور (عزيز) بباب المعمل متوترًا، ساخطًا، وهو يرى ذلك الشيء يحترق أمامه..
أما الكائن الهلامي نفسه، فقد انتفض مرات ومرات، مع وهج النيران، ثم سقط وسط المعمل والأدوات المحطمة، وراح

جسده ينكمش بسرعة، وتنكمش معه النيران المشتعلة، حتى صار أشبه بقطعة من الجمر.

وامتلأ المعمل بدخان كثيف، جعل (مدحت) والدكتور (عزيز) يسعلان في شدة، وعلى الرغم من هذا اختطف (مدحت) وعاء من الألياف الزجاجية، وألقاه فوق ما تبقى من ذلك الشيء، ثم انتزع اسطوانة الإطفاء، وراح يغمر بها قطع المعمل، التي امتدّت إليها النيران، حتى أطفأها تمامًا، وألقى الاسطوانة جانبًا، ثم جذب الدكتور (عزيز) من يده إلى الخارج، والتصق الاثنان بالجدار يلهثان، و(مدحت) يقول في اضطراب كامل:

- وأنا الذي كنت أفكر في إطفاء الموقد.

تمتم الدكتور (عزيز) في مرارة:

- أما أنا، ففقدت فرصة العمر.

تطلَّع إليه (مدحت) في دهشة، وقال:

- أأنت نادم؟

تنهَّد الدكتور (عزيز)، وقلب كفيه، قائلًا:

- ماذا تريد مني أن أقول؟

اعتدل (مدحت)، وقال:

- لست أريد أن تقول شيئًا.. كل ما أريده منك هو أن تضع ما تبقى من ذلك الشيء في وعاء محكم للغاية، ثم تحتفظ به داخل مبرد، أو في خزانة محكمة.

لوَّح الدكتور (عزيز) بيده، وهو يقول:

- هذا الشيء غير أرضي.. إنه كائن لا شبيه له، في كل الفصائل والرتب المعروفة.. خذها كلمة مني.

زفر (مدحت)، وقال:

- لست بحاجة إلى كلمة منك.. لقد رأيت كل شيء بنفسي، ولولا ذلك ما صدقت حرفًا واحدًا منه.

ثم اعتدل، واستطرد وكأنه يتحدَّث إلى نفسه:

- إذن فشيء شبيه بهذا كان في حوض السباحة، وهو الذي التهم الحارس المسكين، وكذلك الـ..

بتر عبارته بغتة، وانعقد حاجباه في شدة، فسأله الدكتور (عزيز) في لهفة:

- ماذا هناك؟.. ألديك فكرة ما؟
وبدلًا من أن يجيب (مدحت) سؤاله، التفت إليه يسأله في اهتمام:
- قل لي يا دكتور (عزيز): هل تعتقد أن هذا الشيء، الذي هاجمنا الآن، هو نفسه الذي يحتل حوض سباحة الدكتور (فريد)؟
هزَّ الدكتور (عزيز) رأسه نفيًا، وقال:
- كلًا بالتأكيد.. تلك المادة ليست سوى جزء من الشيء الأصلي، الذي ما يزال هناك.
هتف (مدحت) في انفعال:
- هذا ما توقعته.
ثم انطلق يعدو خارجًا، فهتف به الدكتور (عزيز):
- إلى أين؟ ولكن (مدحت) لم يجب..
إنه حتى لم يسمع سؤال الدكتور (عزيز)..
لقد كانت هناك مهمة أخرى تشغله ..
مهمة بالغة الخطورة.
إنه حتى لم يهتم، عندما لم يجد سائق سيارة الشرطة، وإنما قفز إلى السيارة، وأدار محرَّكها، وانطلق بها، في وجه الشمس، التي بدأت تشرق في بطء، وتمنح الشفق ذلك المزيج الرائع المبهر من ألوان الشروق..
ولم تمض دقائق عشر، حتى كان داخل قسم الشرطة، يسأل الضابط النوبتجي في انفعال:
- مَنْ مِنَ اللصوص هنا يعمل مع زميل، ويبلغ السابعة والثلاثين أو التاسعة والثلاثين تقريبًا؟
سأله الضابط في دهشة:
- لماذا؟.. هل تعرض أحد معارفك لحادث سطو بالإكراه؟
أجابه (مدحت):
- بل أريد اسم أحد (الهجامة)، الذين يسطون على المنازل والفيلات.
عقد الضابط حاجبيه مفكرًا، وهو يقول:

- هجَّام يعمل مع زميل، وفي أواخر الثلاثينات.. دعني أفكر..
نعم.. هناك (غنيم).. إنه في الثامنة والثلاثين، ولقد اعتاد العمل
مع زوج شقيقته (فهيم).. ولكن (فهيم) هذا في الثالثة والأربعين.

سأله (مدحت) في لهفة:

- وما عنوان (فهيم)؟

بدت الحيرة على وجه الضابط، وهو يقول:

- (فهيم) أم (غنيم)؟

صاح (مدحت) في عصبية:

- بل (فهيم).. أريد عنوان (فهيم).

لم يرق أسلوبه للضابط النوبتجي، خاصة وأنه استخدمه أمام
شاويش القسم، إلا أنه منحه عنوان (فهيم)، وارتفع حاجباه في
دهشة، عندما حصل (مدحت) على العنوان، ثم انطلق يعدو في
لهفة، وسأل الضابط النوبتجي الشاويش:

- ماذا أصابه؟.. لم أره قط هكذا.. إنه مشهور بالهدوء الشديد.

غمغم الشاويش في لامبالاة:

- إنه شأنه.

مطَّ الضابط النوبتجي شفتيه، وقال:

- نعم.. إنه شأنه.

وعاد يزاول عمله في ضيق، دون أن يدري أن (مدحت)
سيواجه، خلال الساعات القليلة القادمة موقفًا خطيرًا..
بل أخطر موقف في حياته كلها..
وأكثرها هولًا.

☆ ☆ ☆

# الاعتراف

هتف عامل معمل الطب الشرعي في دهشـة بالغة، وهو ينقل بصره من مكان إلى مكان، ويضرب كفًا بكف، أمام الفوضى، التي شملت كل شيء:

- ماذا حدث هنا يا دكتور (عزيز).. هل انفجرت قنبلة؟

أجابه الدكتور (عزيز) في أسـى، وهو يدفع بقايا ذلك الشيء المحترق، داخل وعاء زجاجي سميك:

- بل حدث ما هو أسوأ من انفجار قنبلة يا (مأمون).. لقد انفتحت أبواب الجحيم على مصراعيها.

سقط فك (مأمون) السفلي في بلاهة، وهو يقول:

- أبواب ماذا؟

تنهَّد الدكتور (عزيز)، وهو يقول:

- لا عليك يا (مأمون).. لا تشـغل بالك بهذا.. أحضـر أدوات النظافة فحسب، وحاول إزالة هذه الفوضى.

ضرب الرجل كفًا بكف مرة أخرى، وانصرف لإحضار أدوات النظافة، وهو يتمتم:

- ماذا أصابهم؟.. إنها قنبلة بالتأكيد.. ولكن كيف لم نسمع الانفجار!

أما الدكتور (عزيز)، فقد أغلق الوعاء الزجاجي، وتطلَّع في حسـرة إلى ذلك الجسـم الصغير، الشـبيه بقطعة من الفحم الأسـوَّد، والذي تبقَّى من ذلك الكائن بعد احتراقه، وهز رأسه في مرارة، وهو يقول:

- ضـاعت فرصـة العمر.. كنت سـأصبح أشـهر أطباء الطب الشرعي في (مصر)، وربما في العالم أجمع، لو لم يحدث ما حدث.. يا للخسـارة!.. لو أنني أمتلك عينة أخرى من تلك المادة..

التقى حاجباه فجأة، وبدت عليه علامات التفكير العميق وهو يغمغم:

- ولم لا؟!

صمت لحظات مفكرًا، ثم نهض، واتجه إلى النافذة، ووقف يتطلَّع منها إلى الطريق في شرود، قبل أن يحدّث نفسه، مغمغمًا:

- نعم.. الشيء الأصلي ما يزال هناك.. في حوض سباحة فيلا الدكتور (فريد).. والدكتور (فريد) نفسه يمتلك عينة من تلك المادة.. لقد مسحها بمنديله عمدًا.

عاد إلى الصمت لحظات أخرى، ثم أضاف في حزم:

- نعم.. ولم لا؟!

ولم تكد الفكرة تستقرّ في ذهنه، حتى اندفع إلى الخارج، واتجه مباشرة الى سيارته، التي أحضرها له (مأمون)، وهتف به هذا الأخير.

- إلى أين يا دكتور (عزيز)؟.. ألن تبلغ عن القنبلة؟

لكنه لم يتلق جوابًا، فقد قفز الدكتور (عزيز) إلى سيارته، وانطلق بها مباشرة إلى هناك..

إلى فيلا الدكتور (فريد).

☆☆☆

هرع (السيّد) مذعورًا إلى باب منزله، مع تلك الطرقات العنيفة، التي أيقظته من نومه، في السابعة والنصف صباحًا، وهتف في توتر شديد:

- من الطارق؟!.. من يأتي في هذه الساعة المبكرة؟

لم يكد يفتح الباب، حتى شحب وجهه، وهوى قلبه بين قدميه، وهو يقول بصوت مرتجف:

- حضرة الضابط (مدحت)؟!.. أهلًا يا (مدحت) بك.. ماذا تريد؟.. أعني ما الذي...

قاطعه (مدحت) في صرامة:
- أين (فهيم)؟
ارتبك (السيّد)، وقال:
- (فهيم) ليس هنا.. إنه..
دفعه (مدحت) جانبًا، قبل أن يتم عبارته، واندفع داخل المنزل، واتجه مباشرة إلى حجرة (فهيم)، وجرى (السيد) خلفه، وهو يقول:
- أقسم لك إنه ليس هنا.
استدار إليه (مدحت) في حركة حادة، وأمسكه من سترة النوم، وجذبه إليه في عنف، وهو يقول:
- أين هو إذن؟.. أجب.
ازدرد (السيد) لعابه في صعوبة، ومسح بيده عرقه، وقال في اضطراب:
- لست أدري ماذا أصابه!.. لقد أصيب برعب هائل، منذ عاد أوَّل أمس إلى هنا.. بل بالجنون، وظلّ يصرخ ويهذي، ويتحدَّث عن أمر رهيب، أصاب (غنيم)، ثم غادر المنزل، ولم يعد منذ ذلك الحين.
نظر إليه (مدحت) نظرة خاوية وهو يعيد ما قاله في عقله، ثم صاح به في لهجة صارمة:
- وأين يمكن أن أجده؟
هتف (السيّد):
- إنه لم يخبرني.. أقسم لك.
ثم استدرك في سرعة وتوتر:
- و... ولكن.
هزَّه (مدحت) في عنف، وهو يقول:
- ولكن ماذا؟..!

مسح (السيّد) عرقه مرة أخرى، وحاول السيطرة على توتره واضطرابه، وهو يجيب بكلمات مرتجفة:
- لقد اعتاد الاختباء في منطقة المقابر.. هناك مقبرة فاخرة لها ساحة مناسبات، وهو يختبئ عادة في الساحة.. ساحة (الباشا).
ثم هتف في خوف:
- إنه مجَّرد رأي.
رمقه (مدحت) بنظرة صارمة مخيفة، ثم قال:
- سنرى.
ودفعه جانبًا في عنف، وعاد بخطوات سريعة إلى سيارته وانطلق بها نحو المقابر..
كان الضباب ينتشر في غزارة، ويحيط كل شيء بغلالة غامضة مخيفة، جعلت المقابر تبدو أشبه بمشهد من أحد أفلام الرعب، عندما أوقف (مدحت) سيارته أمامها، وغادرها في حذر، ثم تحرَّك في همة عبر شواهد القبور، متجهًا إلى استراحة (الباشا)..
ومن بين سحب الضباب، بدت الاستراحة واضحة..
كانت أشبه بمبنى أنيق من طابق واحد، تحيط به أربع نوافذ، يبدو الضوء من إحداها واضحًا..
وبلا تردّد، اتجه (مدحت) إلى باب الاستراحة، وضربه بقدمه، ثم قفز إلى الداخل، قائلًا في صرامة:
- أهلًا يا (فهيم).
انتفض (فهيم) في قوة، وارتطم بموقد الشاي الصغير، فسقط وعاء الشاي أرضًا، وانسكب الماء الساخن، و(فهيم) يصرخ:
- لا..لا.. لم أفعل شيئًا.

وفجأة، استلّ من حزامه مسدسًا، وأطلق نيرانه نحو (مدحت)..
ووثب (مدحت) جانبًا، وسمع الرصاصة ترتطم بالباب، ورأى (فهيم) يعدو نحو النافذة، ويقفز منها إلى الخارج، ويعدو وسط المقابر والضباب..
وقفز (مدحت) واقفًا على قدميه، واستلّ مسدسه بدوره، ووثب من النافذة، وانطلق يعدو خلف (فهيم)..
وكانت مطاردة عجيبة..
مطاردة بين شواهد القبور، سحب الضباب، المنتشرة في كل مكان..
وصاح (مدحت) في صرامة:
- توقف يا (فهيم)، وإلا واجهت تهمة مقاومة السلطات.
صرخ (فهيم):
- لم أفعل شيئًا.. لم أفعل شيئًا.
كان (مدحت) قد اقترب منه كثيرًا، ولكنه توقف فجأة، وأطلق رصاصة في الهواء.
واضطرب (فهيم)..
اضطرب في شدة، حتى أنه ارتبك، واصطدم بشاهد أحد القبور، ثم استدار في عصبية شديدة، وصوَّب مسدسه إلى (مدحت)، وهو يقول في عصبية شديدة:
- لا تجبرني على هذا.
ولكن (مدحت) بلغة بقفزة واحدة، وركل المسدس من يده بضربة قدم رشيقة، فشهق (فهيم)، وتراجع صارخًا:
- ماذا تريد مني؟.. لم أفعل شيئًا.
وعلى الرغم من قوله، فقد طوح قبضته في وجه (مدحت)، الذي تفادى اللكمة، ثم لكمه بكل قوته في معدته، وأعقب هذه اللكمة بأخرى في فكه..

وسقط (فهيم)..

وقبل أن يفكر حتى في النهوض، كان (مدحت) فوقه، يلوي ذراعه خلف ظهره، وهو يقول في صرامة:

- بل فعلت الكثير يا رجل.. شروع في سرقة فيلا، ومحاولة قتل ضابط مباحث، ومحاولة فرار.. ما الذي تريده بعد كل هذا؟

فوجئ به (مدحت) يبكي في انهيار شديد، ويضرب الأرض بجبهته في عنف، فنهض وجذبه في قوة، ليجبره على الوقوف، وهو يستطرد:

- ولكنني أستطيع التنازل عن كل هذه التهم، بشرط واحد.

تمتم (فهيم) في انهيار:

- أي شرط.

أجابه (مدحت) في حزم، وهو يتطلَّع إلى عينيه مباشرة:

- مــاذا حــدث في الفيلا هنــاك؟!.. كيف لقي (غنيم) مصرعه؟

ارتجف جسـد (فهيم)، واتسعت عيناه في رعب هائل، وكأنه يسـتعيد ذكرى ما حدث هناك، وراح يقول في ارتياع:

- أمر رهيب.. مفزع.. لم يمكنني نسيانه قط.

سأله (مدحت) في اهتمام أكثر:

- صف لي ما حدث بالضبط.

ارتجفت الكلمات على شفتي (فهيم) في شدة، وهو يقول:

- كان (غنيم) يقف على حافة حوض السـباحة، عندما خيل إلي أن الأرض قد انسـحبت فجأة من تحت قدميه، وألقته في مياه الحوض، وعندما أسرعت إليه، كان يسبح عـائدًا إلى الحـافة، ولكن فجأة، جذبـه شـيء مـا إلى

الأعماق، ثم أضــيئت تلك الأنوار في قاع الحوض، و.. و..

تضاعف ذعرة وارتجافه، عند هذه النقطة، فقال (مدحت) يستحثه في لهفة:

- وماذا يا رجل؟.. وماذا؟

راح (فهيم) ينتفض كفرخ مبتل، وهو يقول:

- وعلى أضواء القاع، رأيت أبشع مشهد في حياتي كلها.. كان هناك فكان.. فقط فكان بلا جســـد.. لهما أحدّ وأكبر أسنان رأيتها، في عمري كله.. ولقد انطبق الفكان عليه، فراح يقاومهما في استماتة، ولكنهما التهما جسـده كله.. بل أحاطا به تمامًا، واحتوياه داخلهما..

اتسعت عيناه في هلع لا مثيل له، وهو يستطرد:

- لقد رأيت جسده يقاتل ويقاوم، داخل ذلك الكيان الهلامي البشع، الذي التهمه بلا رحمة، حتى خمدت حركته تمامًا، وعندئذ، التصـــق ذلك الكائن بجدار الحوض، ولم أعد أستطع تمييز أحدهما عن الآخر.

ثم انهار (فهيم) تمامًا، وهو يستطرد:

- هذا كل ما حدث.. أقسم لك.. أقسم لك.

دفعه (مدحت) جانبًا، وقد انتقل كل الخوف والفزع والقلق إليه..

لقد أيقن الآن فقط من حقيقة تلك الشـــكوك العجيبة، التي راودته طويلًا..

أيقن أنه يواجه كيانًا بشعًا..

يواجه ما لا مثيل له في عالمه..

بل في الدنيا كلها..

☆☆☆

ترقرت الدموع في عيني (إلهام)، وهي تحمل حقيبتها، والتفتت إلى زوجها، لتقول من بين دموعها:

- قدماي تعجزان عن المضي يا (فريد).. إنهما لا تقويان على حملي بعيدًا عنك.. كيف أتركك وحدك هنا، مع هذا الكيان المفترس، وأعود إلى (الإسكندرية)؟

أحاط كتفها بذراعه في حنان، وهو يقول:

- صدقيني يا حبيبتي.. هذا أفضل للجميع، فبرحيلك يمكنني العمل هنا، دون أن أخشى عليك، من التوتر الزائد، والانفعال الدائم.

بكت في حرارة، وهي تقول:

- وماذا عني أنا؟.. كيف يهدأ لي بال في (الإسكندرية)، وأنا أعلم أنك تواجه هذا الكيان المفترس هنا؟

أجابها وهو يطبع قبلة حانية على وجنتها:

- سأتصل بك هاتفيًا كل ساعة، ثم إن خطر ذلك الكائن قد زال تقريبًا، بعد أن أدركنا ماهيته، وما يحتاج إليه.. كل المطلوب هو أن أحرص على تغذيته، وأراقبه طوال الوقت، وينتهي كل شي.

تضاعفت دموعها، وهي تقول:

- مازلت لا أشعر بالارتياح.

ربَّت عليها في حرارة، وهو يقول:

- اطمئني يا حبيبتي.. سيسير كل شيء على ما يرام بإذن الله.. المهم أن تسرعي بالذهاب الآن، قبل أن يصل الحارس الصباحي.. هيا.

بكت بين ذراعيه طويلًا، وهو يقودها في رفق إلى سيارتهما..

لم تكن تحتمل بالفعل فكرة فراقه، في ظل هذه الظروف..

لم تكن تدري كيف تحتمل الابتعاد عنه، وهو يواجه ذلك الكيان، الذي تجهل مدى خطورته وقدراته..
وأمام السيارة مباشرة، تشبثت به، هامسة:
- أرجوك يا (فريد).. دعني أبقى.
طبع على وجنتها قبلة حانية أخرى، وقال:
- أرجوك أنت يا (إلهام).. ارحلي.. دعيني أشعر بالارتياح تجاهك.
قالت في ضراعة:
- أرجوك.. دعني أبقى، وسأمكث في حجرتى، وأكتفي بمراقبتك من الـ..
قبل أن تتم عبارتها، تجاوزت سيارة الدكتور (عزيز) مدخل الفيلا، واتجهت نحوهما مباشرة، فبترت عبارتها، وتطلَّعت إلى السيارة في قلق، شاركها فيه زوجها، الذي غمغم متوترًا:
- من هذا بالضبط؟
واصلت السيارة طريقها عبر الحديقة، حتى بلغت موضعهما، وتوقفت خلف سيارتهما، وهبط منها الدكتور (عزيز)، وهو يقول:
- الدكتور (فريد).. أليس كذلك؟
قال (فريد) في حذر:
- نعم.. أنا هو.. هل من خدمة، يمكنني تقديمها إليك؟
مدّ الدكتور (عزيز) يده ليصافحهما، وهو يقول:
- معذرة لقدومي في هذا الوقت المبكر، ولكنني كنت واثقًا من أنكما ستكونان مستيقظين.. أنا الدكتور (عزيز).. الطبيب الشرعي المسؤول هنا.
تبادل (فريد) نظرة قلقة مع زوجته، قبل أن يصافح الدكتور (عزيز)، ويسأله في شيء من الحذر والقلق:

- وما الذي يريده طبيب شرعى منا؟
كـان الـدكتور (عزيز) قـد قطع الطريق كلـه، من معمل الطب الشـرعي إلى الفيلا، وهو يفكر في الوسـيلة، التي يمكنه معها مناقشـة الدكتور (فريد) في أمر ذلك الكيان، دون أن يثير قلقه أو نفوره، وبأكثر الطرق لباقة، إلا أنه وجد نفسه يندفع فجأة، قائلًا:
- أريد عينة من تلك المادة.
انعقد حاجبا (فريد) في شدة، وسرت قشعريرة باردة في جسد (إلهام)، فالتصقت بزوجها، الذي قال في توتر:
- أي مادة؟
قال الدكتور (عزيز) في لهفة:
- الدم.. الدم الأخضـر.. المادة التي يموج بها جسـد ذلك الشيء، القابع في حوض سباحتكم.
شـهقت (إلهام) في دهشـة، في حين انتفض جسد الدكتور (فريد)، واتسـعت عيناه في شـدّة، وهو يحدّق في وجه الدكتور (عزيز)، الذي لوح بكفيه في انفعال، وهو يقول في حماس:
- لا تقلقا.. إنني أعرف كل شـيء.. لقد قمت بتحليل تلك العينة التي أحضـرها الضـابط (مدحت)، وكانت دهشـتي عظيمة.. إنها أكثر المواد الحيوية التي رأيتها في حياتي كلها نشـاطًا.. هل لاحظت عدد الخلايا فيها.. أراهن أنك قضيت ليلتك تفحصها.. إنها مزيج من سائل حيوى كالدم، وخلايا نمو.
ردَّد الدكتور (فريد) في دهشة:
- نمو؟!
أجابه الدكتور (عزيز) في حماس جارف:

- نعم الخلايا الأخرى في المسئولة عن نمو ذلك الشيء.. إنه يتولد ذاتيًا، بوساطة تلك المادة.. لقد تركناها قليلًا إلى جوار موقد مشتعل، ولن تصدَّق ما حدث.. لقد تمددت ونمت، وصنعت مخلوقًا كاملًا في دقائق معدودة.. إنه أعظم كشوف العصر يارجل هذا الكائن قد يجعلني أعظم طبيب شرعي في العالم أجمع.. هل تفهم.. سأحصل على جائزة (نوبل) نفسها.

انتفض جسد (فريد) في عنف أكثر هذه المرة..

لقد طرق الدكتور (عزيز) المنطقة المحرمة، دون أن يدري..

ضرب الشيء الوحيد، الذي لن يحتمل (فريد) المساس به..

حلمه..

حلم حياته..

وشعرت (إلهام) بالذعر..

والتفتت تتطلَّع إلى زوجها في هلع، وتحاول تهدئته بعبارة ما.

ولكن ما تخشاه حدث..

حدث قبل أن تنطق حرفًا واحدًا..

لقد انعقد حاجبا (فريد) في شدة، حتى كادا يمتزجان، وبدا صوته عنيفًا أجش قاسيًا، وهو يقول للدكتور (عزيز) في شراسة:

- وما شأن الطب الشرعي بكشف كهذا؟.. إنك تتحدَّث عن علم تجهله يا رجل.. علم قد تقضي حياتك كلها في دراسته، دون أن تصل إلى نصف ما أعلمه أنا عنه.

انتقلت شراسته إلى الدكتور (عزيز)، وهو يقول:

ـ بل أتحدَّث عن عينة دم جديدة.. عينة لسـائل حيوي، لا مثيل له على الكوكب كله، والأطباء الشرعيون هم خبراء التعامل مع الدم.

صاح (فريد):

ـ هراء.. هذا الكشـف بيولوجي بحت، ولن أسـمح لك بمجرَّد الاقتراب منه.

التقى حاجبا الدكتور (عزيز) بدوره، وهو يقول في تحدّ:

ـ حاول أن تمنعني.

هتفت (إلهام) في قلق، محاولة تهدئة الموقف.

ـ رويدكما.. إنكما تتحدثان عن أمر سابق لأوانه.

ولكن أحدهما لم يسـمع حتى عبارتها، فقد قال الدكتور (فريد) في شراسة:

ـ سأمنعك بالتأكيد.. بل إنني أمنعك حتى من التواجد هنا.. هذه الفيلا ملكية خاصــة، وليس من حقك دخولها دون إذن.

أطلق الدكتور (عزيز) ضحكة عصبية، وقال:

ـ أهذا ما تظنه؟!.. هل نسيت أن أملاكك الخاصـة هذه قد شــهدت جريمتي قتل، ومن حقي كطبيب شــرعى، أن أفحص مسرح الجريمة.

دفعه الدكتور (فريد) في خشونة، وهو يقول:

ـ اذهب وأحضـر إذنًا بذلك إذن، ولكن حاول إقناع وكيل النيابـة بحدوث جريمتي القتل المزعومتين.. إنها مجرَّد حادثتين.

ولكن الدكتور (عزيز) ردّ دفعته بضــربة قوية، أسـقطته أرضًا، وهو يعدو نحو حوض السباحة، هاتفًا:

ـ فليكن.. ولكنك لن تمنعني أبدًا، من فحص ذلك الشيء.

صـــرخت (إلهام) في هلع، وحاولت أن توقف زوجها، ولكنه هبّ واقفًا على قدميه، وهتف بغضب هادر:
- على جثتي.
وانطلق يعدو خلف الدكتور (عزيز)، ووثب يحيط وسطه بذراعيه، مستطردًا في حدة:
- إنك تتجاوز حدودك.
دفعة الدكتور (عزيز) بقدمية في عنف، وهو يقول:
- كفى يا رجل.. لا تقف في طريق موكب العلم.
ولكن الدكتور (فريد) تشبَّث به في استماتة، وهو يقول:
- بل لا تقف أنت في طريق حلمي الوحيد.
تملص منـه الـدكتور (عزيز)، وعـاد يعـدو نحو حوض السباحة، هاتفًا:
- النجاح ليس حكرًا على أحد.
جرت (إلهام) خلفهما، وهي تطلق صـــرخات ملتاعة، وراحت تهتف، بكل ما يملأ قلبها، من توتر وانفعال:
- كفى.. كفى ماذا دهاكما؟.. ماذا تفعلان؟
ولكن الرجلين كانا قد فقدا صـــوابهما بحق، ولحق أحدها بالآخر، واشـــتبكا في قتال بالأيدي، أشـــبه بقتال صـــبية الشوارع، والدكتور (فريد) يصرخ:
- إنه حلم حياتي.. لن تنتزعه مني أبدًا.
هتف الدكتور (عزيز):
- هذا الشيء ليس ملكًا لك.. إنه ملك العالم.
صاح (فريد):
- ولكنه في فيلتي أنا.
صرخ (عزيز):
- هذا لا يمنحك الحق في احتكاره.

تشـــبَّث كل منهما بالآخر، وراحا يركلان ويضـــربان بعضهما البعض، بلكمات وضربات عشوائية، و (إلهام) تصرخ:

- كفى بالله عليكما.. كفى.

وفجأة، انزلقت قدم الدكتور (عزيز)، على حافة الحوض، فتشبَّث بالدكتور (فريد)، وجذبه معه في سقطته، و...

وسقط الإثنان داخل حوض السباحة الفارغ..

ومن حسـن حظهما أنهما سـقطا بالقرب من أقل نقاطه عمقًا، والتي لا يتجاوز عمقها مترًا واحدًا، ولكن السقطة كانت عنيفة، آلمتهما بشدة، وصرخت (إلهام)، وهي تعدو نحوهما:

- لا.. ليس في الحوض.

تدحرجا مع قتالهما، نحو الجزء العميق من الحوض، ثم توقفا في منتصـف الطريق، ونهض الدكتور (عزيز)، وهو يقول في غضب:

- لن تحتكر هذا الشـــيء وحدك.. القانون لا يمنحك هذا الحق.

نهض الدكتور (فريد) بدوره، وهو يقول:

- وأنت لن تحصل عليه، ما دام في صدري نفس يتردَّد.

- همَّ الدكتور (عزيز) بالتعقيب، ولكن..

فجأة، انفصـل جزء من جدار الحوض، على قيد مترين منهما، وتحوَّل فجأة إلى فكين كبيرين، لهما أبشـع أسـنان رأياها في حياتهما كلها، وهو ينقض عليهما، فأطلقت (إلهام) صرخة رعب لا مثيل لها..

كان هذا هو الكائن الغامض.

وكانا هما وجبته..

وجبته الآدمية..

✴✴✴

# المقاومة

أسرع عامل محطة البنزين إلى سيارة الشرطة، وابتسم وهو يقول في حرارة:

- صباح الخير يا (مدحت) بك.. لماذا تقود السيَّارة بنفسك اليوم؟

هتف به (مدحت) في انفعال:

- ألديك زجاجات فارغة؟

رفع الرجل حاجبيه في دهشة، وقال:

- زجاجات فارغة؟!.. لماذا؟

صاح (مدحت) في حدة:

- ألديك زجاجات فارغة أم لا؟

ارتبك الرجل أمام هذا الأسلوب، وهو الذي يعهد (مدحت) هادئًا باسم الثغر دائمًا، وتراجع وهو يشير بيده، قائلًا:

- بالتأكيد يا (مدحت) بك.. هناك زجاجتان، أو ثلاث..

صاح به (مدحت):

- أحضرها كلها.

أسرع الرجل يحضر الزجاجات الثلاث، فقال (مدحت) بلهجة آمرة، وهو يمزِّق منشفة بالية، ويصنع منها عدة شرائط طويلة:

- املأها بالبنزين.

أطاعه الرجل، وهو يتطلَّع إليه في دهشة بالغة، وناوله الزجاجات الثلاث، الممتلئة بالبنزين، فدَّس (مدحت) الشرائط، في فوهة كل منها، بعد أن بلَّلها بالبنزين، فسأله الرجل في قلق:

- ماذا تصنع بالضبط يا (مدحت) بك؟

أجابه (مدحت) في سرعة
- قنابل (مولوتوف).
تراجع الرجل في هلع، وهو يقول:
- قنابل ماذا؟
ولكنه لم يحصل على جواب هذه المرة..
لقد انطلق (مدحت) بالسيارة على الفور، دون أن ينقده حتى ثمن البنزين..
وضرب الرجل كفًا بكف، وهو يهزّ رأسه قائلًا:
- لا حول ولا قوة إلا بالله.. ماذا أصابه؟
أما (مدحت) نفسه، فكان يموج بانفعالات شتى، في هذه اللحظة بالذات، وهو ينطلق نحو فيلا الدكتور (فريد)..
لقد أصبح واثقًا من وجود شيء ما هناك، أشبه بذلك الذي هاجمه، في معمل الطب الشرعي..
لقد رآه بنفسك هناك..
رآه في حوض السباحة، ولكنه لم ينتبه إلى ما رأى..
صحيح أنه ليس عالمًا، ولم يهتم في حياته كلها بالعلوم، ولكنه يدرك أن هذا الشيء قاتل شرس، يمتلك قدرة مذهلة على التكاثر بلا حدود..
ولا بد من القضاء عليه..
والوسيلة الوحيدة، التي يعرفها (مدحت)، والتي اختبرها بنفسه، للقضاء على ذلك الكيان هي النار..
ولهذا صنع قنابل (مولوتوف)..
ولكن المهم أن يصل في الوقت المناسب، للقضاء على ذلك الكيان، قبل أن يتمادى، ويلتهم الدكتور (فريد) نفسه، أو زوجته (إلهام)..
وأصبح هذا هدفه الوحيد..
أن يصل إلى ذلك الكيان..

وفي الوقت المناسب..

☆☆☆

اتسعت عينا الدكتور (عزيز) في ارتياع، وهو يتطلع إلى الفكين البشعين، اللذين ينقضان عليه بلا حسد، ولكن الدكتور (فريد) جذبه في قوة، وهو يهتف:

- ربَّاه!! أسرع يا رجل.. إنه جائع.

انتزعته جذبة الدكتور (فريد) من ذهوله، فأسرع يعدو معه، نحو سلم الحوض، في حين أخذت (إلهام) تصرخ:

- أسرع يا (فريد).. أسرع.

توقف ذلك الكيان لحظة، عندما أدرك أنه ليس بمقدوره أن يلحق بهما، ثم لم يلبث أن ذاب فجأة، وعاد يتخذ شكل جدار الحوض، ويلتصق به في قوة..

أما هما، فقد بلغا السلّم، وتسلقاه في سرعة، دفعهما إليها الخوف، حتى بلغا قمته، وقفزا خارج الحوض، فأسرعت (إلهام) تحتضن زوجها، وهي تصرخ:

- لا تبق وحدك يا (فريد).. لا تبق إلى جوار ذلك الشيء أبدًا.

أحاطها (فريد) بذراعيه، وهو يلهث في انفعال، وراح يربت على ظهرها مهدئًا، في حين ألقى الدكتور (عزيز) جسده على أقرب مقعد إليه، وهو يردّد:

- حمدًا لله.. حمدا لله.. لقد نجونا بأعجوبة.

بكت (إلهام) في حرارة، على كتف زوجها، لتفرغ انفعالها الجارف، وتطلّع إليها الدكتور (عزيز) لحظة مشفقًا، ثم ربَّت على كتف الدكتور (فريد)، مغمغمًا:

- لقد أنقذت حياتي، وأنا أدين لك بالشكر.

وصمت لحظة، ثم استدرك:

- وبالاعتذار أيضًا.
غمغم الدكتور (فريد):
- هذا الشيء ملكي وحدي.
أومأ الدكتور (عزيز) برأسه متفهمًا، وقال:
- لا بأس.. ولكن لو احتجت إلي معاونة أو مشـورة، فلا تنس أنني رهن إشارتك.
ثم ابتسم ابتسامة شاحبة، وقال:
- ويمكن أن يحصـل اثنان على جائزة (نوبل).. أليس كذلك؟
بادله الدكتور (فريد) ابتسـامته بابتسـامة باهتة، دون أن يجيب، فربَّت الدكتور (عزيز) على كتفه مرة أخرى، ونهض قائلًا:
- أظن أن أفضل ما أفعله الآن هو أن أنصرف.
لم يحاول أحدهما منعه، وهو يتجه إلى سـيارته، ولكنهما تابعاه ببصـرهما، وأرخت (إلهام) رأسـها على صـدر زوجها، وهي تراقب الطبيب، الذي اقترب من سـيارته، وحاول الدوران حول الشـجرة الصـغيرة، التي تعترض طريقه إليها، و...
وفجأة، اعتدلت (إلهام)، ورفعت رأسـها عن صـدر (فريد)، واتسعت عيناها في هلع..
ثم صرخت بغتة:
- توقّف يا دكتور (عزيز).
توقف الرجل دفعة واحدة، والتفت إليها، يسألها في قلق:
- ماذا هناك يا سيدتي؟
وسألها (فريد) أيضًا.
- ماذا حدث يا (إلهام)؟

أشـــارت إلى الشـــجرة الصـــغيرة بســـبَّابة مرتجفة، وهي تقول:
- تلك الشجرة هناك.
التفت الدكتور (عزيز) في حيرة إلى الشـــجرة، ثم عاد يستدير إليها، و يسألها:
- ماذا عنها يا سيدتي؟
انتقلت الارتجافة إلى صوتها، وهي تجيب:
- إنها لم تكن هناك.. لا توجد أشجار في تلك المكان.
لم تكد تتم عبارتها، حتى اهتزَّت الشـــجرة الصـــغيرة، وتموَّجت، ثم تحوَّلت إلى فكين هائلين، بأســـنان كبيرة رهيبة..
وصرخ (فريد):
- احترس يا رجل.
وثب الدكتور (عزيز) بعيدًا في هلع، وحدّق في الفكين المخيفين، اللذين يتجهان نحوه، وردَّد:
- مستحيل!.. مستحيل!
قفز الدكتور (فريد) واقفًا على قدميه، وصاح:
- اهرب يا رجل.. اهرب.. لا تقف جامدًا هكذا.
اســـتدار الدكتور (عزيز)، وانطلق يعدو بكل قوته، ولكنه ارتطم بســـيارته، ففقد توازنه، وســـقط متدحرجًا على الأرض..
واتجه إليه الفكان الرهبان، و (إلهام) تردّد في رعب هائل:
- لقد خرج.. لقد غادر الحوض.
أما الدكتور (فريد)، فقد انتزع أحد المقاعد، وانطلق يعطو نحو ذلك الشـــيء، الذي يهمّ بالتهام الدكتور (عزيز)..

وصرخت (إلهام)، وجسدها كله ينتفض رعبًا:
- لا يا (فريد).. لا تذهب إليه.
ولكن (فريد) واصل طريقه، وهوى على الفكين بالمعقد، بكل ما يملك من قوة..
وتوقف الفكان لحظة، ثم تحوَّلا إلى كتلة هلامية، أحاطت بالمقعد كله، فأسرع (فريد) يعاون (حسين) على النهوض، وهو يقول:
- سينشغل بهذا لحظات.. دعنا نحسن استغلالها، للابتعاد عن هنا.
ولكن ذلك الكيان انتفض فجأة، ولفظ المقعد في عنف، ثم تكوَّر حول نفسه، وعاد يهتز بشدة، فصرخت (إلهام):
- ابتعد عنه يا (فريد).. ابتعد.
ولكن (فريد) لم يسمعها.
وكذلك الدكتور (عزيز)..
كانا مبهورين تمامًا، بذلك التحول، الذي طرأ في هذه المرة، على ذلك الكيان..
إنه لم يتخذ شكلًا نمطيًا..
لقد تحوَّر تحورًا تامًا..
وكان هذا التحوّر مدهشًا..
بل مذهلًا..
لقد اتخذ ذلك الكيان، وبسرعة عجيبة، وأمام العيون الذاهلة، شكل أقرب ما يكون إلى..
إلى البشر..
وحتى في هذا، لم يكن ذلك الكيان عاديًا..
لقد اتخذ هيئة بشرية، تجمع ما بين الدكتور (عزيز) والدكتور (فريد)..

كان نصفه طوليًا، صورة طبق الأصل من الدكتور (فريد)، بملامحه، وهيئته، وثيابه، والنصف الثاني نسخة مماثلة من الدكتور (عزيز)..

وتراجع الرجلان في ارتياع..

أما (إلهام)، فقد انحبست الصرخات في أعماقها، واختنقت خلف حاجز الرعب والذهول، فراحت تحدَّق في ذلك المشهد الرهيب، وكل خلية من خلاياها ترتجف وتنتفض..

وتقدَّم ذلك الكيان نحو خصميه..

وفي هذه المرة، كان الدكتور (عزيز) هو أوَّل من هزم ذهوله، وصاح وهو يدفع الدكتور (فريد) بعيدًا.

ولكن الشيء بلغهما بسرعة.

بأسرع كثيرًا مما توقعا..

وقبل أن يبتعدا هاربين، لطم ذلك الكيان الدكتور (فريد) بقوة، انتزعت الرجل من مكانه، وألقت به على قيد ثلاثة أمتار فاقد الوعي، ثم استدار إلى الدكتور (عزيز)، الذي تراجع صارخًا:

- لا.. لا.. لا تقتلني.

وحاول أن يتراجع أكثر، ولكن ظهره ارتطم بسيارة الدكتور (فريد)، فشهق في رعب..

وتقدَّم منه الكيان..

وبصورة لا مثيل لها، راح منتصف ذلك الشكل شبه البشري يتموَّج، ويتحوَّل، إلى فكَّين رهيبين، وأسنان مخيفة.

وانتفض قلب (إلهام) في ارتياع..

وهوى قلب الدكتور (عزيز) بين قدميه ..

وانهارت مشاعره.

و..
وهنا اقتحم (مدحت) المكان..
اقتحمه بسيارة الشرطة، وعبر حديقته بسرعة كبيرة، قبل أن يضغط فرامل سيارته في عنف، ويقفز خارجها، وهو يحمل زجاجات البنزين الثلاث، ويهتف بصـــوت يموج بالانفعال:
- كفى أيها الكيان.. كفاك ضحايا.
ألقي زجاجتين أرضـًـــا، ثم أشـــعل قدَّاحة، وألهب بها ذلك الشريط القماش في فوهة الزجاجة الثالثة، وهو يستطرد:
- خذها هدية مني.
التفت إليه ذلك الكيان في بطء، وصاحت (إلهام):
- اهرب يا دكتور (عزيز).. اهرب.
ولكن الكيان استدار بسرعة إلى الدكتور (عزيز)، ولطمه لطمـة قويـة أخرى، ألقتـه فوق الســـيارة، فتدحرج فوق مقدمتها، وسقط خلفها فاقد الوعي..
وهنا صرخ (مدحت):
- خذها مني.
وألقى الزجاجة المشتعلة..
قنبلة (المولوتوف)..
وانتفض جسد (إلهام) في هلع..
لقد تحرَّك الشـــيء في ســـرعة، والتقط الزجاجة، بيده المتحوَّرة إلى هيئة بشرية، وألقاها نحو (مدحت)..
واتسعت عينا (مدحت) في هلع..
وانطلق محاولًا الابتعاد..
ولكن الزجاجة ســـقطت أمامه، على قيد ثلاثة أمتار من سيارته.
وتراجع (مدحت) بقفزة واحدة..

ولكن الزجاجة انفجرت..
ومع انفجارها، شعر (مدحت) بجسده يطير في الهواء..
ثم يسقط..
وكان السقوط مريعًا..
لقد سقط من ارتفاع ثلاثة أمتار، داخل حوض السباحة الفارغ..
وارتطم ظهر (مدحت) بقاع الحوض في عنف..
ودارت الدنيا أمام عينيه..
ثم أظلمت..
أما (إلهام)، فقد شملها رعب هائل، من قمة رأسها، وحتى أخمص قدميها.
لقد أصبحت وحيدة.
وحيدة وسط ثلاثة رجال فاقدي الوعي، في مواجهة ذلك الشيء القاتل، الآتي من غياهب الفضاء..
وفي بطء، التفت ذلك الشيء إليها، وتطلَّع إلى وجهها بنظرة خاوية، من مسافة عشرة أمتار، ثم استدار في بطء، ويمم وجهه شطر زوجها الملقى أرضًا..
واتسعت عينا (إلهام) في رعب، وهتفت بصوت مختنق:
- لا.. ليس (فريد).
ولكن ذلك الكيان سار ببطء نحو (فريد)، وراح يتحوَّر تدريجيًا إلى الفكين الرهيبين، وقد أدرك أخيرًا أنه يواجه خصومًا أقل قوة منه بكثير..
وارتجف جسد (إلهام) في عنف.
ارتجف كما لم يرتجف من قبل..
لم يكن باستطاعتها أبدًا تخيل زوجها ضحية لذلك الكيان..
ضحية لا يتبقى منها سوى كومة من عظام نظيفة، خالية من كل شيء، حتى النخاع..

ولكن الكيان كان يقترب من (فريد).. ويقترب.. ويقترب..
وهنا انتصر الحب..
حب (إلهام) الجارف لزوجها هزم رعبها من ذلك الشيء، وبث في نفسها قوة وتصميمًا، لا مثيل لهما..
وبكل قوتها، انطلقت (إلهام) تعدو نحو زجاجتي البنزين، اللتين ألقاهما (مدحت) خلفه، والتقطت إحداهما، ثم جرت نحو سيارة (فريد)، وقفزت داخلها، وأدارت محرّكها وانطلقت بها نحو ذلك الكيان، صارخة:
- لن تحصل على زوجي أبدًا.
كان الكائن المتحور قد أصبح قيد متر واحد من زوجها، واتسع الفكان يهمان بالتهامه بالفعل، عندما سمع صوت السيارة من خلفه، فاستدار يواجهها، و...
وصدمته (إلهام).
صدمته بمقدمة السيارة، ودفعته أمامها بسرعة كبيرة، وهي تصرخ:
- لن تحصل عليه..
سارت السيارة عدة أمتار، وهي تدفع ذلك الشيء أمامها، حتى ارتطمت بواحدة من الأشجار الصغيرة، المحيطة بحوض السباحة، وتوقفت..
وفي بطء، راح ذلك الشيء يذوب، ويتحوَّر، محاولًا التخلص من ذلك الموقف، والسيارة تلصقه تقريبًا بالشجرة..
وكاد ينجح في التملّص:
لولا (إلهام)..
لقد قفزت خارج السيَّارة، وهي تحمل زجاجة البنزين، وقدَّاحة زوجها.

وبسرعة، أشعلت النار في شريط القماش، كما رأت (مدحت) يفعل، ثم ألقت الزجاجة نحو الكائن، هاتقة:

- هيا.. خذها مني أنا ..

وانفجرت قنبلة (المولوتوف)..

انفجرت هذه المرة في ذلك الشيء تمامًا..

وقفزت (إلهام) جانبًا، والنيران تشتعل في كل شيء في السيارة، والشجرة الصغيرة..

وفي ذلك الكيان..

وفي عنف، راح ذلك الكيان ينتفض وينتفض، ثم لم يلبث أن استكان، وراح ينكمش، وينكمش، حتى لم تتبق منه سوى جمرة صغيرة ملتهبة.

وهنا..

هنا فقط، انفجرت (إلهام) باكية..

وانهارت..

و انهارت تمامًا..

☆ ☆ ☆

# العمر أم فرصة العمر؟

ارتكن النقيب (مدحت) إلى سيارة الشرطة، وهو يشعر بآلام شديدة في ظهره، لم تمنعه من الابتسام في ارتياح، وهو يتابع (إلهام) والدكتور (فريد)، وهما يحملان حقائبها، ويتجهان إليه، في حين تمتم الدكتور (عزيز) في أسى:

- فقدنا فرصة العمر.

قال (مدحت):

- بل قل: نجونا يا رجل.. كنا سنفقد العمر نفسه، بسبب فرصة العمر هذه.

تنهّد الدكتور (عزيز)، وقال:

- أنت على حق.

اعتدل (مدحت)، وقال وهو يمدّ يده، ليلتقط حقيبة (إلهام):

- أهنئك يا سيّدتي.. لقد كنت أشجعنا، وأنقذت حياتنا جميعًا.

أراحت رأسها على صدر زوجها، وهي تقول:

- لم أكن لأسمح لذلك الكيان أبدًا بقتل (فريد).

ابتسم الدكتور (عزيز)، وقال:

- أنت محظوظ بزوجتك يا دكتور (فريد).

ضمّ (فريد) (إلهام) إليه، وقال:

- كلنا محظوظون يا دكتور (عزيز).. لست أدري كيف كنا نفكر في الحفاظ على ذلك الشيء.. لقد خدعنا طموحنا العلمي، وصوَّر لنا أننا سنربح ببقائه.. يا إلهي.. لا يمكنني أن أتصوَّر ما كان يمكن أن يقاسيه العالم، لو أن ذلك الشيء نجح في التوالد والتكاثر، وملأ الأرض بكائنات على شاكلته.. يا للهول... إنني أرتجف من مجرد الفكرة.

تمتم الدكتور (عزيز) :

- ولكن كان ينبغي أن ندرسه على الأقل.

قالت (إلهام) مستنكرة:

- وما الفائدة؟

أجابها في سرعة:

- حتى يمكننا مواجهته، لو ظهر مرة أخرى.

ارتجف جسدها، لمجرّد عودة مثل ذلك الكيان، وضمّها (فريد) إليه أكثر، وهو يقول:

- أتعشّم ألا يحدث هذا قط.

وضع (مدحت) حقائبهما في سيارة الشرطة، وهو يقول:

- من أين تظنان أنه جاء؟

تبادل الدكتور (فريد) والدكتور (عزيز) نظرة متفاهمة، وأجاب الأول، وهو يشير بسبّاته إلى أعلى:

- من الفضـاء الخارجي على الأرجح.. ربما داخل قطعة من نيزك، أو ما شـابهه.. فالنيازك كما تعرفون، هي بقايا كواكب انفجرت وتحطمت، كما تقول نظريـات علمـاء الفضاء، وربما يمتلك ذلك الشيء القدرة على التحوصل، مثل بعض الكائنـات البدائية، وتحطم كوكبـه في أثـناء تحوصله.. والحويصـلات تقاوم العوامل الخارجية بقوة، ويمكنها أن تحتمل الحرارة المرتفعة، في أثنـاء عبور النيزك للغلاف الجوي، وعنـد هبوطـه تخلّص من حوصلته، وبدأ يبحث عن طعامه، في بيئة تختلف كثيرًا، عن البيئة التي نشأ فيها.

هتف الدكتور (عزيز):

- يا له من تفسير متقن!.. كيف توصلت إليه يا رجل؟

هزّ الدكتور (فريد) كتفيه، وقال:

- إنه عملي.

سأل (مدحت) (إلهام)، وهم يركبون سيارة الشرطة:

ـ هل ستغادران الفيلا طويلا؟

أومأت برأسها إيجابًا، وغمغمت:

ـ بالتأكيد.. لن أنسى ما حدث هنا بسهولة.

سـألها والسـيارة تنطلق بالجميع، إلى موقف سـيارات (الإسكندرية):

ـ وماذا عن حوض السباحة؟

لوَّحت بكفها في عنف، قائلة:

ـ لم أعد أريده.. سنردمه فور عودتنا إلى الفيلا.

ربَّت الدكتور (فريد) على كتفها مهنئًا، وهو يقول:

ـ سيمضي وقت طويل، قبل أن يزول تأثير ما حدث.

وافقه (مدحت) بإيماءة من رأسـه، في حين التقط الدكتور (عزيز) نفسًا عميقًا، وقال:

ـ بالتأكيد.

ران عليهم الصمت، حتى بلغت سيارة الشرطة موقف سـيارات الأجرة، العائدة إلى (الإسـكندرية)، وغادرها الدكتور (فريد) و(إلهـام)، والتفت الدكتور (فريد) إلى (مدحت) يسأله:

ـ هل ستقدَّم تقريرًا بما حدث؟

هزَّ (مدحت) رأسـه نفيًا، وقال وهو يرسـم على شـفتيه ابتسامة هادئة :

ـ لن يصدقني أحد.. وربما يتهمونني بالجنون.

أومأ الدكتور (فريد) برأسه، وغمغم:

ـ هذا ما توقعته.

تبادلوا التحية جميعًا، وابتعدت سيارة الشرطة، وداخلها الدكتور (عزيز) و(مدحت)، وغمغم الثاني في أسف:

ـ من المؤسف أن يتم ردم حوض سباحة جميل كهذا.

وافقه الدكتور (عزيز)، وهو يقول:

ـ بالتأكيد.. فمن الممتع أن تمتلك حوض سباحة، وخاصة في يوم حار كهذا.

وكان اليوم حارًا بالفعل..

والشـمس تشـرق في كبد السـماء، وتتسـلّل أشـعتها عبر الباب الزجاجي الضخم، لحجرة المعيشة في فيلا الدكتور (فريد)، لتبعث الدفء والحرارة في المكان، وبخاصة في ذلك المنديل، الذي نسـيه الدكتور (فريد) فوق المنضدة، وهو يحوي عينة من تلك المادة الفسفورية الخضراء..

ومع الدفء والحرارة راحت هذه المادة تتألق..

ثم أخذت تنمو..

وتنمو..

ثم بدأت تتحرك..

في اتجاه حوض السباحة..

حيث يقف الرجلان يتبـادلان الحديـث عن حرارة الجو والشمس المشرقة..

لم يعلما أن أحدهما على الأقل سيموت خلال دقائق، وأن السنوات القادمة، ستكون قاسية وفتاكة..

ليس في فيلا الدكتور (فريد) فحسب،

ولا في الإسكندرية..

بل، في جميع أنحاء الكرة الأرضية..

فالجنس البشري في خطر محدق..

فسيواجه لعنة..

لعنة النجوم..

☆ ☆ ☆